Garotos Malditos

ilustrado por Lestrange

Um romance juvenil de

Santiago Nazarian

GALERA RECORD
RIO DE JANEIRO • SÃO PAULO
2012

Este livro foi selecionado pelo Programa Petrobras Cultural

CIP-BRASIL. CATALOGAÇÃO NA FONTE
SINDICATO NACIONAL DOS EDITORES DE LIVROS, RJ

N248g

Nazarian, Santiago, 1977-
    Garotos malditos : um romance juvenil de Santiago Nazarian /
Santiago Nazarian; [ilustração João Lestrange]. - Rio de Janeiro: Galera
Record, 2012.

    ISBN 978-85-01-09838-2

    1. Ficção infantojuvenil brasileira. I. Lestrange, João. II. Título.

12-3614.   CDD: 028.5
                                                            CDU: 087.5

Capa e ilustração: João Lestrange
Composição de miolo: Renata Vidal da Cunha
Produção: Cinemar Projetos e Produções

Texto revisado segundo o novo
Acordo Ortográfico da Língua Portuguesa.

Direitos exclusivos desta edição reservados pela
EDITORA RECORD LTDA.
Rua Argentina 171 - 20921-380 - Rio de Janeiro, RJ - Tel.: 2585-2000

Impresso no Brasil

ISBN 978-85-01-09838-2

Seja um leitor preferencial Record.
Cadastre-se e receba informações sobre
nossos lançamentos e nossas promoções.

Atendimento e venda direta ao leitor:
mdireto@record.com.br ou (21) 2585-2002.

EDITORA AFILIADA

Para os moleques malditos, excluídos, esquisitos.
Vocês não estão sozinhos.

1

Do meio das árvores secas da floresta escura emergiu o
maníaco com a máscara de pele humana. Motosserra em
mãos, desceu-a entre as pernas do pobre paraplégico, cor-
tando-o ao meio, assim como a sua cadeira de rodas. Não
teve nem chance. A menina que estava com ele se pôs a correr pela floresta, gritando feito bocó, como se alguém pudesse ajudá-la naquele fim de mundo escuro. Eu fiquei lá,
vendo tudo, paralisado. Só quando ouvi um pigarro vindo
do canto é que reparei que minha mãe estava na porta
do quarto.

– Ludo, não tinha nada um pouco mais saudável para você assistir?

Peguei o controle remoto e desliguei o DVD. Não porque queria satisfazer minha mãe, mas porque sabia que não ia conseguir assistir ao filme direito com ela lá.

– É um clássico, mãe, um clássico do horror.

Ela fez uma careta.

– Clássico do horror, pffff, nem preciso ouvir mais nada. Vai dormir logo, que amanhã é seu primeiro dia de aula, não esquece.

Essa é minha mãe. E essa era a véspera do meu primeiro dia de aula. Eu no meu quarto, como em tantas noites, assistindo a um clássico do horror, para tentar pegar no sono. Minha mãe só assiste a filmes europeus. Ou asiáticos. Só assiste a esses filmes de arte, assim como meu pai. Eu não tenho nada contra, alguns até são legais... ou quase. Mas ela, ele, meus pais, são bem chatos em relação a filmes. Até para esses que ganham Oscar eles torcem o nariz. Na verdade, são bem chatos em relação a tudo o que tem a ver com arte, livros, música. Uns baitas esnobes nesse ponto, posso dizer.

Não é à toa que me deram o nome de Ludovique, por causa do Beethoven, o compositor, sabe? Nome comprido pra caralho – Lu-do-vi-que. Prefiro Ludo. Todo mundo me chama de Ludo. Ficou tão mais fácil me chamar de Ludo que, hoje, até minha mãe me chama assim, quando não está na frente do meu pai. Na frente dele, ela me chama de Ludovique; meu pai diz que é sinal de respeito com o compositor. Que compositor, ele já não morreu? O respeito não devia ser em relação a mim?

Ludovique, o compositor, talvez fosse o que meus pais quisessem que eu fosse. Mas estou aqui para contar a minha história, e quem eu sou. Até tenho um lado musical também. Sou compositor, até. Quero dizer, arranho umas coisas aí, já fiz algumas músicas, umas coisas bem bizarras. Toco guitarra... Tá, arranho, arranho na guitarra. Meu pai bem que tentou que eu aprendesse piano. Eu estudei por um bom tempo, mas acabei me empolgando mais com a guitarra mesmo. E, como tudo que meu pai tentou em relação a mim, ele acabou desistindo. No fundo, eu sempre consigo o que quero. O chato é que tenho sempre de insistir tanto... Mesmo quando acho que é óbvio, que é fácil e que não deveria haver razão para ninguém contestar.

Bem, talvez eu esteja exagerando. Meus pais não são tão chatos não. Até que são bem liberais. Deixam eu viver do meu jeito, mas tentam, bem que tentam bastante, me levar para o lado deles. Meu pai é professor de filosofia numa faculdade. Nunca foi daqueles pais de assistir a futebol e fazer churrasco – graças a Deus. Minha mãe é psicóloga – quero dizer psiquiatra (e fica puta da vida quando a chamam de psicóloga; confesso que fiz de sacanagem). Ela trata de gente louca, bem louca mesmo, louca de internar. Não sei por que se incomoda então com os filmes que assisto.

Eu adoro filme de terror, é o que mais gosto. Mas gosto também de uns filmões de ação. Só para comédia que não tenho muito saco. De música: punk rock, pós-punk, gótico, anos 80, rock alternativo em geral. É isso que gosto de ouvir, mas tocar sozinho é meio chato. Não tenho banda.

Não conheço muita gente com gosto parecido com o meu. Aliás, não conheço muita gente. Não era muito popular no meu colégio anterior, e meus pais me mudaram para esse novo. Um colégio cabuloso, posso apostar. Bem, entrar no meio do ano numa escola já é dose...

Não sou um garoto revoltado, nem nada disso, se é o que está pensando. Sou na minha, gosto de ficar na minha. Mas sei que quando a gente é adolescente tudo tem de ser feito em grupo, até trabalho de escola, até bater punheta o povo faz em grupo! A gente tem de ter amigos, ser popular, pertencer a uma tribo. Tenho ÓDIO de quem pergunta a que tribo eu pertenço. Só porque uso piercing, só porque tenho uma franja, o povo acha que preciso andar num grupinho e ser igual a todo mundo, que não posso pensar por mim mesmo. Também tenho ÓDIO por acharem que sou problemático só porque não faço parte de uma turma. Isso não é um problema em mim, o problema são os outros. Acho até que tenho sorte porque meus pais me deixam em paz, não exigem que eu mude, que eu me enturme. Mas a sociedade em geral não é assim, né? Se você é um moleque e não anda por aí cheio de amigos, alguma coisa de errado tem. Acho que até meus pais acham isso. E acho que eles têm pena, têm pena de mim por isso.

Mas o que os pais sabem, né? Meu pai mesmo, aposto, tenho certeza, sei bem que era o nerd dos mais nerds quando estava na escola. Tipo, ele nunca gostou de esportes, nunca teve um time de futebol para torcer, e você sabe como é com os moleques que não jogam nem gostam de futebol. Deviam zoar ele geral. Mas acho isso legal –

não que zoassem com ele, claro –, acho legal que hoje ele está aí, dando aula de filosofia, escrevendo em jornal, enquanto outros colegas dele... Dia desses, estava com minha mãe, com meu pai, e ele encontrou um ex-colega na rua. O cara era bem papai pançudo, camisa xadrez e tal. Veio cumprimentar meu pai, falar que era gerente de uma concessionária, loser total. Nem sabia do meu pai, nem lia a coluna dele, toda segunda-feira, no maior jornal do país. Meu pai não falou nada. Mas vi no sorrisinho dele para minha mãe; ele dizia: "Loser total".

Acho que meus pais preferem que eu vire hippie de rua, daqueles que vendem artesanato de durepox, a que eu vire vendedor de concessionária. Não que tenha risco de eu virar uma coisa ou outra... Não gosto de carro. E ODEIO reggae, chinelo de dedo, maconha... Sério, não é caretice, mas não suporto maconha, coisa lerda. Não tem jeito *mesmo* de eu virar hippie.

O que a gente *não é* parece fácil dizer. Mas a gente se afirmar como *sendo* é mais difícil. É difícil a gente explicar como é realmente; até porque a gente sempre precisa recorrer a comparações. Pros outros entenderem, a gente tem de se comparar com os outros, e dizer: sou um pouco assim, um pouco assado. Tenho um pouco disso, e um pouco daquilo. E talvez, se a gente tiver reunido pedaços suficientes para definir como a gente é, os pais possam entender, daí alguma revista adulta pode fazer uma matéria e dizer qual é a nossa, do que a gente gosta e quais são as nossas gírias. E o próximo moleque da fila vai ler tudo isso e achar uma babaquice: "Eu não tenho nada a ver com isso."

Bem, eu não tenho nada a ver com os próximos da fila...

Também não tenho nada a ver com nada disso. Só estou explicando de onde eu vim, um pouco como eu sou, para que você possa seguir a história. Não estou aqui contando uma história? Porque eu mesmo não sei nada sobre você, e não sei que besteiras você pode pensar dos meus pais ou da minha franja. Não sei que idiotices pode pensar dos meus filmes. Mas tenho de imaginar que está do meu lado, não é? Porque não dá para eu escrever uma história inteira – e principalmente a história que tenho para contar – tentando criar caso com quem vai ler. Sei que, se eu criar caso, você fecha o livro na hora e vai ver seus próprios filmes, ou jogar videogame ou mesmo jogar futebol. E sei que, se eu não parar de falar besteira logo e "cativar o leitor" (é isso, "cativar o leitor"), eu vou perder minha chance.

Por isso já comecei começando, com o psycho serrando o cara ao meio. Mas isso nem era criação minha. Era só um filme. Um clássico do horror.

2

De dentro do cano de esgoto saltou o enorme crocodilo em direção ao bombeiro desavisado. Pobre coitado. Havia entrado apenas para checar uma denúncia anônima, mal sabia que seria o almoço de um réptil desgarrado...

Hehehe. Brincadeira. Isso não era filme algum – que eu saiba –, era apenas mais uma maneira impactante de começar um capítulo. Era também mais ou menos com o que eu estava sonhando. Não que estivesse sonhando com algo mais ou menos parecido, era que eu estava mais ou menos dormindo mesmo. Sabe como é, quando a gente já acordou, mas quer continuar dormindo, daí fica pensando em coisas bacanas para tomar como sonho. Às vezes funciona. Eu tentava sonhar assim, com crocodilos assassinos. Mas minha mãe logo entrou no quarto e me puxou novamente do sonho.

– Ludo, não vou falar de novo, levanta. Está na hora de ir pra aula.

Se ela não vai falar de novo, melhor. Me deixa dormindo.

– Ludo, levanta!

Ah, muito bem. Ela não vai *falar* de novo, vai gritar, acender a luz, me sacudir, ameaçar. As mães são sempre assim, não? Minha mãe é sempre assim. Poxa, primeiro dia de aula, escola nova, ela queria que eu saltasse todo animadinho, "oba, vou fazer novos amiguinhos"? Dá um tempo. Outra coisa que não entendo – nunca entendi – é por que um adolescente precisa acordar praticamente de madrugada para ir estudar. Como alguém pode estar com a cabeça desperta e antenada às sete da manhã? De repente, se fosse no final do dia, de noite, sei lá, eu poderia estar mais interessado. Ficaria o dia inteiro de bobeira, daí lá pelas sete da noite pensaria: "Ah, tá, escola, whatever, não tem nada melhor pra fazer mesmo." Daí até poderia ir para a escola com certo ânimo. Mas assim, acordando tão cedo...

– Existe escola de noite, sim, é claro – dizia minha mãe dirigindo o carro já a caminho do colégio. – Mas geralmente quem estuda de noite é quem *trabalha* o dia inteiro, sabe?

– Por quê? – perguntei.

– Por que o quê? – disse ela.

– Por que só estuda de noite quem *trabalha* de dia?

Ela tentou me lançar um olhar de obviedade, mas como não dirige muito bem, manteve os olhos no trânsito.

– Porque quem trabalha de dia só tem tempo de estudar à noite, é óbvio.

– Ah... – Ela não havia respondido minha pergunta – eu queria saber por que eu podia estudar de manhã sem ter de trabalhar de tarde e não podia estudar de noite sem ter de trabalhar de manhã –, mas tudo bem. Era muito cedo ainda, e eu não queria entrar em toda aquela discussão. Nem sei como minha mãe tinha energia para acordar assim, já toda acordada.

– Não está animado pra sua escola nova?

Eu dei de ombros.

Ela bufou.

– Eu nem me importo, Ludo. Sei que você fica fazendo esse ar blasé, mas vai acabar gostando. O Colégio Pentagrama é bem a sua cara. – Nesse ponto ela parou num semáforo e olhou para mim, segurando o riso, como se estivesse contando uma piada. Continuou: – Eles são bem liberais. Têm um perfil mais alternativo. Foi uma sorte termos conseguido matricular você nesta altura do ano. Você sabe, encontrar uma escola que seja, ao mesmo tempo, consistente e liberal não é fácil...

– Sei bem – provoquei. Minha escola anterior era das melhores da cidade, e das mais caretas também. Crendiospaia. Não tem ideia de como eu sofri lá. Sorte que meus pais também sempre acharam a escola muito rigorosa. Mas tinha essa coisa, ensino de qualidade. Acharam que valia a pena. Só consideraram me mudar para outra quando não tiveram alternativa...

– Ludo, por favor, se esforce para se enturmar, ok? – Minha mãe disse olhando para mim. – Não vai ser difícil. Procuramos uma escola que tivesse a ver com você. Mas precisa ter boa vontade...

O semáforo abriu e minha mãe continuava ali, parada, falando comigo.

– Promete que não vai chegar lá cheio de resistências...

Os carros atrás começaram a buzinar.

– Promete que vai ser simpático e tolerante com seus colegas, por mais limitados que eles sejam...

Aquilo estava me irritando.

– Mãe, anda com esse carro, o sinal abriu faz tempo!

Minha mãe suspirou e olhou para a frente, engatando a primeira.

Vixe, depois falam que é preconceito que mulher não sabe dirigir. Tudo bem que eu também não sei nem dar partida num carro, mas nem quero, não serei eu mais um a emperrar o trânsito desta cidade.

3

Antes de chegar à minha escola nova, essa Pentagrama aí, deixa eu falar um pouco da antiga. É chato, eu sei – sei mais do que ninguém –, mas é preciso. Estudei lá quase cinco anos, desde o Fundamental, e não fiz amigo nenhum. Quero dizer, até fiz uns colegas, mas ninguém de quem eu vá sentir falta realmente...

Talvez nem da Carolina. Foi por ela que eu fiquei lá tanto tempo. E por ela também que eu saí. Era uma menina da minha turma – uma das patricinhas, posso dizer –, mas que acabou caindo na minha. Claro que eu caí na dela de cara, era a mais linda – e confesso que gosto de uma patricinha. Vai, sou homem, elas podem não ter nada na cabeça, mas têm em todo o resto... A Carolina até que era... esforçada. Tá, não vou ficar aloprando a menina que namorei. Ela era linda, gostosa pra caralho. Mas, como todas as meninas da escola, achava que eu era esquisito, quieto, calado. Nunca fui um aluno popular – quero dizer, CONHECIDO eu era, todo mundo sabia quem eu era, mas POPULAR é outra coisa.

Mauricinhos e patricinhas eram das coisas que mais havia naquele colégio. Um colégio caro. Religioso. Metido a besta. Meus pais diziam que valia a pena pelo currículo – tinha aula de música, de inglês, de francês, de espanhol, de filosofia, do caralho a quatro –, mas eles mesmos – meus pais – não concordavam com todo aquele rigor. Uniforme obrigatório. Proibido usar piercing. Proibido pintar cabelos de cores "exóticas". (O que é uma cor "exótica?") E, obviamente, proibido namorar. Esse foi meu maior problema lá, meu namoro com a Carolina. E o fato de eu também a estar levando para o "mau caminho" – isso segundo a direção. Ou segundo os pais dela, que se queixaram para a direção. A gente podia ter levado as coisas discretamente. Acho que a coisa começou a pegar mesmo quando ela também decidiu usar um piercing...

Tenho certo medo desses colégios "alternativos", confesso. Sabe como é, fico imaginando um povo de chinelo de dedo, discutindo política no recreio e ouvindo Bob Marley. ODEIO reggae; já falei isso, né? Odeio também essa ideia de colégio "alternativo". Não sabia se era isso que minha mãe imaginava ser um colégio "com a minha cara". Os pais são assim, ou um extremo ou outro. Não me dei bem no colégio religioso, então eles me metiam num colégio com cantoria em roda, momentos de meditação para encontrar seu "eu interior" e aula de artesanato? Era isso o que eu já esperava.

Sei também que é meio ridículo ficar fazendo drama por causa de colégio – que quando a gente cresce tem coisas bem mais sérias para se preocupar, e se sustentar, e aguentar chefe chato, blá-blá-blá. Mas o que importa é que agora – nesta fase da vida – eu *tenho* é de suportar o colégio, então é isso o que tenho para reclamar. Mais imbecilidade ainda seria achar tudo lindo e perfeito só porque o sofrimento poderia ser maior. É mais ou menos como aqueles caras que passam dois meses sequestrados, daí, quando voltam para casa, dão entrevista para a TV dizendo: "Este é o dia mais feliz da minha vida." Poxa, mais feliz da sua vida? Mais feliz do que quando fez esse um milhão que acabou pagando de resgate? Então valeu a pena o sequestro, não foi? Bom investimento.

Mais ou menos isso.

4

Opa... Devo dizer que me enganei.

O Colégio Pentagrama estava longe do reggae e do povo dando as mãos e cantando em roda. Por isso mesmo eu precisava explicar como era meu colégio antigo, e o que eu esperava do novo, para você entender meu choque, minha surpresa e empolgação quando cheguei a essa escola nova.

De primeira, não tinha nada de muito surpreendente. Cheguei àquela escola ampla, arborizada e fiquei pensando: "Grande surpresa, árvores, lago, um contato bicho-grilo com a natureza", foi minha impressão inicial. Minha mãe havia parado o carro na porta e me olhado com certa responsabilidade maternal que faz a gente se lembrar de quando era pequeno, e que as mães *ainda* veem a gente da mesma forma.

– Ludo, pode falar, não quer que eu entre com você?

– Ai, mãe...

– Pode falar, não tenha vergonha. Se quiser que eu dê uma entradinha, só para falar com a diretora.

Eu já fui saindo do carro e fechando a porta.

– Você sabe que ônibus pegar na volta, né? – dizia minha mãe, talvez com certa culpa. Obviamente eu sabia, não esperava que minha mãe me levasse e me buscasse na escola.

– Pode deixar, mãe. – Eu fiz sinal para ela, assegurando de que, agora, era comigo.

– Uau! Ludovique, né? Ou Lu-do?

– Ludo, pode ser.

– Uau! Bonitão você. Vai fazer sucesso com as gatcheeeenhas daqui, hahaha. Peraí...

A diretora pegou meu histórico e deu uma olhada. Fiquei olhando para ela, não querendo olhar, meio assustado. "Uau"? "Gatcheenhas"? Não que o jeito de animadora de palco dela me impressionasse tanto, me impressionava mais o decote, e os peitos que pareciam ter cinco litros de silicone em cada. Aqueles cabelos descoloridos, escorridos, chapinhados. Cara de plástica, botox e uma vida na indústria pornográfica. Essa era minha diretora no Colégio Pentagrama? Dona... Samanta... Era isso, dona Samanta?

– Samantha, só, não precisa de "dona", mas com agá, hein? – cacarejou minha diretora.

– Certo. – Segurei o riso.

– Muito bem, bonitão, você vai para o segundo ano. Segundo... W.

– W?

– É, segundo andar, terceira porta à esquerda.

Fiz menção de levantar, mas ainda meio em dúvida. Como ela parecia tão "aberta", decidi perguntar.

– É mesmo segundo W?

– Ah, sim. – Ela fez uma expressão de que compreendia minha dúvida. – Aqui vamos direto ao ponto, sabe? Enquanto outros colégios têm Segunda A, Segunda B, nós do Pentagrama já vamos para o X, Y, W, Z. Mostra como estamos bem na frente, além de serem letras mais exclusivas, convenhamos, como nossos alunos.

Fiquei olhando para ela, meio rindo. X, Y, W, Z? Que bobagem. Mas era engraçado. E me parecia bom que a escola tivesse senso de humor.

Na verdade, era nonsense.

Quando fui subindo a escada, a diretora correu atrás de mim.

– Ei, que educação a minha. Melhor que eu te apresente à turma, né? Que educação a minha. – A diretora trotou em seus saltos altos ao meu lado, e segurou minha mão. Não tinha como não ficar constrangido, fala, entrando numa turma nova, de mãos dadas com uma loira peituda daquelas...

– Pssssiu, classe, classe!

A sala de aula não ficava atrás de nossa diretora. Quando a porta se abriu, dei com a turma em que eu iria ingressar: gritando, urrando, saltando sobre as carteiras e – literalmente – se pendurando na luminária. Num canto, o aparente professor (aparente pela barba e careca, diga-se) conversava com alguns alunos, enquanto os outros alopravam ao redor. Samantha viu a tudo com um sorriso de satisfação, então insistiu:

– Psssiiiiu, classe!

Ela tirou um sininho do bolso, sacudiu, e todos ficaram em silêncio.

– Assim está melhor! – disse ela sorrindo, dando pulinhos e batendo as mãos.

Eu estava ao lado dela, de boca aberta, prestes a dizer: "Quer que eu me apresente? Precisa de ajuda para dar um jeito nesse caos? Que espécie de método é esse?" Mas fiquei quieto. Era aluno novo, afinal. Não queria começar desafiando a (des)ordem estabelecida e contradizendo a direção. Esperei pelo próximo passo dela.

– Turminha, este aqui é o novo colega, o belo, o incrível, o rebelde-porque-o-mundo-quis-assim, Ludo!

Ela deu um saltinho e eu só ouvi uns gemidos de whatever dos alunos. Normal – a reação deles –, mas que jeito era aquele de apresentar um novo aluno? Ela nem disse Ludovique, foi apenas "Ludo"... Bom, bacana!

Eu apenas levantei a mão, em aceno, sem saber muito o que dizer. O que dizer? Meio idiota essas horas. Eu diria: "Espero poder fazer parte dessa turma, e colaborar para que, juntos, possamos chegar lá"? Eu sabia que ninguém tinha me escolhido, e não havia nenhum lugar em conjunto para nós chegarmos. Aquele era o começo de uma competição. Quando chegasse a hora do vestibular, seria cada um por si, e não importaria se éramos um bom time, uma turma unida ou não, um estaria roubando a vaga do outro. Isso se prolongaria nas vagas de emprego, nas filas de aeroporto, até na hora de paquerar as meninas, de arrumar bolsas escolares para os filhos, teríamos de competir eternamente uns com os outros – ou estou mentindo?

Samantha sorriu para mim com aqueles peitos histriônicos e partiu em disparada. Sem outra opção, entrei na sala procurando uma carteira vazia. Mas foi só a diretora se afastar para a baderna voltar a reinar na sala, os garotos uivarem feitos loucos e me empurrarem até o fundo da sala.

– Ei, tem alguma carteira vazia?

Os meninos me olharam de soslaio, meio em zombaria, e continuaram o que estavam fazendo. Conversando uns com os outros, jogando truco, bebendo cerveja... Ei, bebendo cerveja? Parei estupefato, para observar se os alunos bebiam mesmo cerveja em plena sala de aula.

– Vocês est... estão... isso é...?

– Ah, senta aqui do meu lado e deixa disso.

Olhei para a minha direita e vi um garoto magricelo, de óculos, fazendo sinal para eu sentar numa cadeira vazia. Ele parecia ser o único normal naquela turma, mas nem tanto. Quero dizer, poderia ser um anormalnormal numa classe normal, óculos fundo de garrafa, cara de loser, jeito de CDF total. Mas, naquela classe desprovida de meios-termos, ele era apenas mais uma vertente da bizarrice.

Eu me sentei onde ele havia indicado, e sorri, tentando parecer à vontade, tentando parecer eu mesmo. Não queria que ele percebesse o quanto eu achava tudo aquilo estranho.

– Não tem ninguém sentado aqui? – Tinha uma pilha de livros na carteira, por certo. Não me parecia um assento vago.

– Se não tem ninguém agora, pode sentar. Quem estava aí arruma outra carteira – me explicou os óculos fundo de garrafa. Então estendeu a mão. – Meu nome é Dominique – me disse ele.

– Dominique? – perguntei. Que nome.

Ele concordou, sem embaraço. Eu me sentei, tentando me virar para a frente e prestar atenção na aula, mas não havia no que prestar atenção. O professor conversava em voz baixa com um trio, enquanto o resto da turma continuava a aloprar. O que eu devia fazer?

Fiquei encarando o professor, para ver se ele me dava alguma indicação. Ele continuou conversando – e rindo – com os outros colegas. Até que resolveu demonstrar que me notava, e acenou com a mão para eu me aproximar. Eu me levantei, deixando a carteira recém-conquistada – será que agora seria ocupada por outro aluno? – e fui até a frente da sala.

– Bingo, não é?

– Ludo – disse eu ao professor.

– Ah, sim, desculpe. Cadu. – O professor esticou a mão para mim, que eu tentei cumprimentar, mas ele me acertou num cumprimento de surfista, batendo as pontas dos dedos, depois o punho fechado. – Sou seu professor de geometria. Se tiver dúvidas quanto às explicações do livro, é só me dizer. Olha...

Ele foi até a lousa, escreveu algo e voltou-se para mim.

– Este é meu e-mail pessoal. E este, meu nome nas redes sociais. Me add. – Ele sorriu e sentou novamente sobre sua mesa, pegando uma cerveja que uma das alunas passava a ele.

– Ah... Bacana – disse eu. O que mais eu poderia esperar de um professor daqueles? Me add? Haha.

Voltei meu olhar à classe, tentando localizar a carteira que eu deixara vaga. Aparentemente, já fora ocupada. Por caretice é que eu não seria rejeitado naquela turma, isso era certo. Mas eu ficava pensando quanto tempo levaria para achar um canto para chamar de meu, onde eu pudesse ficar à vontade.

Encontrei uma carteira vazia um pouco adiante, e me sentei. A menina sentada à frente deu um estranho giro de pescoço.

– Oi – disse ela.

– Oi – respondi, um pouco envergonhado.

Ela foi se apresentar:

– Meu nome é C... – mas antes que pudesse completar a frase, soltou um vômito verde e viscoso em minha direção. Eu recuei, sem deixar de ser respingado.

Na frente da sala, o professor Cadu levantou o olhar. Riu alto.

– Hahaha, Camila, vamos esperar que isso não seja gravidez, hein? Vá para o banheiro se limpar.

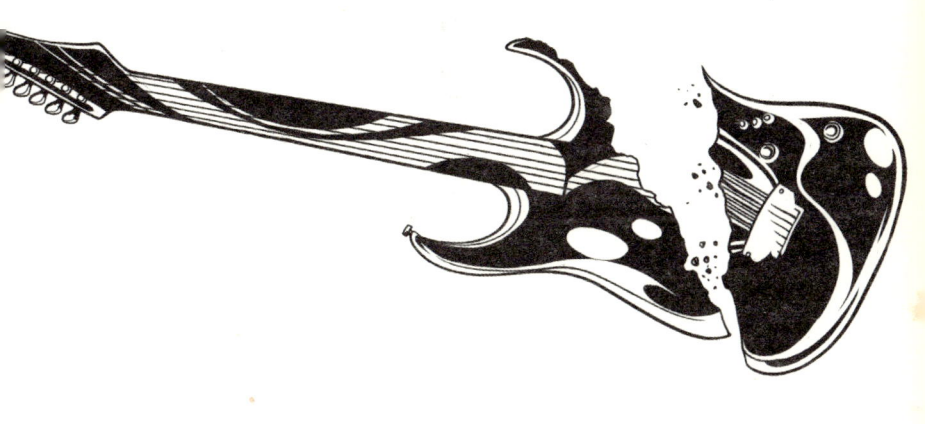

5

Acho que já falei bastante de como eu sou... OK, talvez tenha falado principalmente de como eu NÃO sou, mas talvez devesse dizer como eu gostaria de ser, ou *poderia* ser, se me dessem a oportunidade.

Quando você ainda é moleque, não tem muita escolha, né? A gente tem de seguir o esquema, fazer o que os pais e a sociedade prepararam para a gente, mesmo quando a gente já sabe do que gosta, como é, o que quer ser...

Na verdade, eu não sei. Não sei exatamente, se é o que você quer saber. Não sei direito para que faculdade vou entrar, nem nada disso. Mas, até aí, não quer dizer que a faculdade em que a gente entra determina o que a gente vai ser pro resto da vida. É só uma passagem. Tem tanto cantor por aí que estudou arquitetura, arquiteto que gosta é de cantar no chuveiro. Não quero que a faculdade determine minha vida. Mas gostaria sim que meu trabalho fosse algo de que eu mais gostasse de fazer. Não queria que o trabalho fosse um estorvo para mim.

Gosto dessa palavra, *estorvo*...

Vejo meu pai e minha mãe, eles fazem o que gostam. Trabalham para dedéu, mas fazem o que gostam. Vivem basicamente pro trabalho, e para me aporrinhar um pouco também. Não vejo minha mãe dizendo: "Ai, que saco, hoje tenho de ir pro consultório." Ou meu pai dizendo: "Ah, que delícia, vou tirar férias." É até difícil eles tirarem férias. É difícil eles decidirem viajar por lazer – graças a Deus. Tinha uma época, quando eu era mais novo, que eu percebia que eles se esforçavam pacas para tirar umas férias e me levar para a praia, para o campo ou qualquer lugar. Eu nunca fiz questão. ODEIO praia. Gostei quando fomos uma vez para a Itália, apesar de o meu pai ficar só querendo me enfiar em concertos e óperas e museus. Mas foi bacana. Agora eles não me levam muito a lugar nenhum, graças a Deus.

O que eu estava falando mesmo? Ah! O que eu *poderia* ser.

Sei lá, guitarrista de rock, talvez? Ai, OK, sei que é bem clichê: "O sonho dele é ser astro do rock – hohohô – que bonitinho – hohohô." Sei que é uma coisa bem adolescente, mas que eu *poderia*, eu poderia. Que mais? Sei lá, poderia escrever um livro, como este, mas ninguém vive disso.

E claro que eu não seria um *escritor*, isso é para gente como meu pai, velhos babões. Acho que eu queria uma carreira mais pop mesmo. Por exemplo, queria fazer filmes, mas não teria o menor saco de dirigir atores, e uma equipe inteira, e ter de falar para todo mundo exatamente como eu queria que o filme saísse. Acho que eu seria um ditador.

Então é isso, não posso dizer nem o que eu *poderia* ser. Mas poderia ganhar na Mega-Sena, diz aí? Ah, isso eu poderia...

Você acha que estou enrolando para manter suspense sobre meu primeiro dia de aula? Você queria mesmo que eu contasse como terminou meu primeiro dia de aula? Está ansioso para saber como foi meu primeiro dia de aula na nova escola? Ah, me deixa... Não é coisa dos pais ficar pressionando para saber como é que foi o primeiro dia de aula do filho? O que há de errado com você?

6

– O que há de errado com você – me disse a Dirce assim que cheguei em casa. Dirce é nossa empregada... OK, o nome dela é Antônia. Coloquei Dirce porque achei que ficava legal colocar "me disse a Dirce", diz aí? Mas o nome dela é Antônia, e é melhor eu tentar ser honesto, se quiser contar minha história com o mínimo de verdade – até porque essa história já é absurda o suficiente sem eu querer modificar os nomes para fazer joguinhos de palavras. Então cheguei em casa todo roxo, com a blusa salpicada de vômito, meio correndo para me trocar no quarto, quando Antônia me surpreendeu:

– O que há de errado com você?

Eu deveria ter dito: "Nada, é apenas a adolescência." Mas Antônia é que lavava minhas roupas – e a minha estava suja de vômito, afinal –, achei que devia a ela um mínimo de consideração. Então disse:

– Nada, foi só meu primeiro dia de aula.

Acho que não foi uma resposta satisfatória. Porque de noite, no jantar, ficou claro que Antônia tinha passado suas impressões à minha mãe.

– Ludo... vique – meu pai estava presente à mesa, por isso ela completava meu nome –, como foi seu primeiro dia de aula?

Ela me perguntava com certa cautela, como se já soubesse que algo não terminara bem. Quem disse que algo não terminara bem? Antônia, com certeza. Mas eu não, sinceramente, não achei que nada aconteceu de errado. De estranho, tudo bem, mas nada de errado. E não queria que minha mãe tivesse a impressão errada.

– Foi bom, normal. Normal, nada de mais – (hahá, confesso que "normal" foi o cúmulo do cinismo da minha parte).

Minha mãe mastigava os brócolis sem tirar os olhos de mim... Ah! Me deixa explicar o brócolis. Digo, deixa eu explicar o jantar como um todo.

Assim... meu pai e minha mãe trabalham o dia todo, até tarde, chegam tarde, e só depois de um tempo vão jantar – *bem* tarde. Eu poderia, como uma criança (hehê) saudável, jantar bem antes, mas me diga, onde está a comida? Porque meus pais, além da coisa *cult*, filosófica e artística, eles querem ter uma coisa gourmet – principalmente meu pai – e saudável – principalmente minha mãe. Então não há nada de congelados, pratos prontos, um sanduíche de presunto para eu esquentar. Antônia nem cozinha, quem é o responsável pelos jantares da minha casa é meu pai. E o almoço – este sim fica na geladeira, pronto – é minha mãe. É sempre algo bem saudável, vegetariano, ou peixe, ou frango. Meu pai diz que é uma questão de cultura comer um pouco de tudo, então, de vez em quando, raramente, temos até carne vermelha. Mas geralmente é um salmãozinho com brócolis, uma pescada. E a gente come tarde, tarde...

Eles acham que isso é saudável?

Digo, meus pais chegam depois das dez em casa. Eu estou lá desde a tarde; claro que já comi tudo o que era *comestível* na geladeira. Daí chega a hora *oficial* de jantar, que sempre é flutuante. E, mesmo que eu não tenha mais fome, pedem que eu me sente junto deles, para termos nosso "momento em família".

– Não precisamos ser rígidos, Ludovique. Comemos na hora em que temos fome – disse meu pai.

– Exato. Já está tarde. Minha fome passou e eu já comi o que tinha na geladeira.

– Só estamos pedindo sua companhia. Não precisa comer. Embora eu ache que você bem gostaria deste salmãozinho...

OK, devo admitir, meu pai até que cozinha bem. Talvez seja só por isso que esse estranho esquema deles funcione. Eles só me deixam coisas cruas na geladeira, depois me tentam tarde da noite com salmões grelhados e coisas assim. Daí tenho de participar, por mais que já tenha saído para comprar salgadinhos e amendoim e aquelas balas de gelatina em formato de minhoca.

– Acho que neste sábado vou fazer avestruz – disse meu pai. Ele gosta de fazer carnes exóticas. Acha que precisamos provar coisas novas. OK, acho ótimo. Mas não seria melhor ele fazer isso com uma pilha de esfirras ao lado, só por precaução? Quero dizer, eu gosto de provar coisas diferentes. Acho legal poder contar que já comi carne de jacaré, sopa de piranha, ovas de esturjão, mas não podia ser uma *alternativa* para o prato principal? Tenho certo medo. Nem sempre dá certo. E acho irresponsável da parte do meu pai brincar assim com minha fome. Estou em fase de crescimento! Tenho células se reproduzindo intensamente!

Minha mãe continuava mastigando os brócolis, olhando para mim.

– Que marcas roxas são essas no seu braço? – perguntou ela.

Ah, não brinca. Até parece que ela viu. Peguei minha camiseta de manga curta de manga mais comprida, para esconder as marcas roxas no meu braço. Ela até podia ter visto, mas só se tivesse prestando muita atenção. Ela sabia das manchas porque Antônia devia ter contado. Iniciamos uma discussão sobre isso, que eu não vou perder tempo em descrever aqui. Então ela continuou:

– É natural que eu queira saber como foi o primeiro dia de aula do meu filho.

Meu pai, que até então estivera mais ocupado avaliando os temperos do jantar, resolveu entrar na história:

– É, eu também quero saber.

Eles estavam pagando, não é? Pagando pelos meus estudos. Natural que quisessem tirar satisfações. Achavam que, como meus *investidores*, poderiam cobrar resultados a curto prazo: "Vamos, vamos, já tirou um dez? Como estão essas perspectivas para o vestibular?" Ou algo assim.

– Já disse, foi normal – respondi novamente.

– E as manchas roxas no seu braço? – perguntou minha mãe.

Ah, eu teria de explicar? Ela achava o quê, que eu fora aloprado? *Queu-foralo-prado*. Soa até engraçado. Ela achava que agora eu apanhava dos alunos, voltava com manchas roxas como um coitadinho que tomou couro dos colegas? Vítima de bullying? Por favor. Aquela era apenas a vida selvagem da juventude... Isso, isso é bom:

– Apenas a vida selvagem da juventude – disse eu com certo orgulho.

Acho que, nesse ponto, meus pais têm orgulho de mim. Talvez, nesse ponto, principalmente meu pai. Convenhamos, cá pra nós, ele sempre foi um nerd. Deu certo como nerd, essa coisa de filósofo, mas não deve ter sido fácil na adolescência. Acho que era como aquele Dominique da minha escola nova, o mais deslocado dos deslocados. E acho que ele tem certo orgulho em ver que sou um desajustado em outra direção. Que eu não sou o integrado que ele desprezaria, mas que também não repetirei os erros dele. Para meu pai, eu sou um "rebelde", como colocou aquela *delícia* da minha diretora.

– Vida selvagem? – perguntou minha mãe. – Você brigou no seu primeiro dia de aula, Ludovique?

Afff, como explicar a ela que eu não brigara, mas que aquela classe era das mais despirocadas, que ela não podia esperar que eu voltasse de lá com os botões todos dentro das casas. Que no primeiro dia de aula eu já tive de passar por uma série de cotoveladas, gente correndo pela sala, uma menina vomitando em cima de mim.

– Não briguei com ninguém, é normal. Na escola a gente se rala mesmo.

Meu pai sorriu, um pouco orgulhoso. Fiquei com pena de que ele achasse que eu era um desses adolescentes comuns que se ralam na escola, jogando futebol, correndo no campo. Eu me ralava do meu próprio jeito, e isso eles nunca entenderiam.

7

Eu me deitava na cama, sem conseguir dormir. Nem adiantava pensar em jacarés assassinos e maníacos seriais, a perspectiva da escola era mais assustadora. Amanhã seria o segundo dia de aula, e eu estava mais intrigado e tenso do que na noite anterior, véspera do meu primeiro dia.

Não que eu não tivesse gostado do Colégio Pentagrama. Surpreendentemente, minha mãe acertara. A escola tinha, sim, a "minha cara", mas posso dizer também que não era das caras mais bonitas (hahá). Se na minha escola antiga eu era o único aluno mais, digamos, underground, na escola nova essa parecia ser a onda do momento. Todos os alunos vestiam preto, tinham cabelos pintados, piercings, até alguns meninos que usavam maquiagem, tatuagem, unhas pintadas; era uma cambada de freaks!

Em comparação com a maioria deles, eu até que era bem normalzinho, e confesso que isso talvez tenha me deixado um pouco incomodado. Era como se eu perdesse parte da minha personalidade, saca? Como se fosse só mais um da turminha. E não queria ser mais um. Não queria fazer parte. Queria ter meu perfil exclusivo. Eu nem acreditei em algumas coisas que vi por lá...

Por exemplo, no final do dia, tivemos aula de latim. Pois é, já é esquisito o suficiente ter aulas de latim atualmente, mas combina bem com a ideia dos meus pais de uma educação consistente, então nem estranhei. Essa foi a aula em que os alunos pareceram mais interessados, repetindo os poemas que a professora lia, fazendo um coro bem sinistro, na verdade:

Presbiterium, Necroterium, Cemiterium, Adulterium...

(Hahahá. OK, mais ou menos isso.)

Eu estava lá, no fundo da classe, sem entender muito bem o que eles falavam, com a blusa meio molhada por ter tentado limpar o vômito, ainda meio fedendo – mas os outros alunos nem pareciam se importar. Camila, a menina que vomitou em mim, parecia bem envergonhada, me pediu desculpas, se mostrou uma garota bem meiguinha, na verdade. Se não tivesse vomitado em mim poucos minutos antes, eu até poderia pensar...

Então a porta se abriu e um menino entrou na sala. Tinha umas olheiras profundas, sobrancelhas grossas que se juntavam numa só, os cabelos encaracolados, meio loiros, meio compridos, meio sujos – cara de junkie total. O que mais me surpreendeu, no entanto, foi a camiseta que ele usava: desbotada, esgarçada, furada pelas traças, mas com uma estampa bem visível dos... *TOXIC AVENGERS!*

Como assim? *Toxic Avengers* era a MINHA banda. A banda obscura da Finlândia, de que eu tanto gostava, mas que ninguém conhecia. Em tantas e tantas vezes que me perguntaram: "Qual é sua banda favorita?", e eu disse *"Toxic Avengers"*, todo mundo torceu o nariz: "Não conheço." Agora, no primeiro dia de aula nessa escola nova, chegava um menino com uma camiseta da *minha* banda favorita?

– Lupe, já estamos quase acabando... – disse a professora.

– *Sorry, teach* – disse o garoto –, foi lua cheia.

Alguns meninos riram. A professora abriu um sorriso maternal. Lupe seguiu até o fundo da sala, cabisbaixo, sentou-se no canto oposto ao que estava e jogou a cabeça na carteira, pronto para dormir.

Obviamente, a professora nem ligou, e continuou com a aula.

Todas as aulas foram assim. E todos os alunos – e os professores – pareciam ter um comportamento estranho. Na verdade, os alunos se comportavam exatamente como se comporta qualquer adolescente, é verdade, mas todos ao mesmo tempo, e numa intensidade total. E o estranho dos professores é que eles não pareciam se importar. Então o que havia de estranho no Pentagrama é que não havia nada de estranho – quero dizer, o que havia de errado naquela escola é que os alunos podiam se comportar como queriam, que os professores não tentavam adestrá-los. É isso o que se considera uma escola alternativa?

Fiquei pensando no que havia de errado. Fiquei pensando no que eu achava de errado e comecei a achar que o errado só poderia ser eu. Afinal, que adolescente é que iria querer impor censura numa escola dessas? De repente, eu só me sentia incomodado porque não havia uma autoridade impositiva para confrontar. Sabe como é, a gente só pode se sentir livre se existe alguém para cercear nossa liberdade, e nessa escola onde tudo é possível, eu me sentia podado. Mas não. Acho que não era isso. A questão era que... Ah-rá! Já descobri. A questão era que, no sistema de ensino de uma escola, uma liberdade daquelas só levaria ao caos total. Era o que se via na sala de aula. Era o que eu percebia. Se cada aluno poderia ser ele mesmo, e nenhum era forçado a desempenhar o papel que uma escola esperaria, como se poderia esperar que todos os alunos se virassem para a mesma direção, olhassem o quadro-negro, respondessem as mesmas questões na prova?

E talvez no caos total, eu, como novo aluno, não poderia nunca me encaixar. Eu jamais poderia encontrar meu papel, meu lugar, se naquele cenário tudo era válido. Eu precisaria de um rótulo para encontrar minha turma. Eu precisaria de um limite para tentar cruzar. Acho que era isso.

Eu pensava em tudo isso, naquela minha noite na cama Natural que não conseguisse dormir. Até porque, acima de tudo, eu me preocupava comigo, me preocupava com essas preocupações, em estar virando um completo baitola.

8

– Firmeza neste pincel, Leonilson!

Maura, a professora de artes, dizia para um colega ao meu lado, com uma expressão dura que eu nem conseguia identificar. Expressão estranha, que não dava para identificar exatamente o que ela pensava, o que ela estava sentindo. Faltava alguma coisa... As sobrancelhas?

– Ela está fazendo quimioterapia – me dizia Do-mi-ni-que, o CDF, ao meu lado.

– Você tem outro nome além de Do-mi-ni-que? – perguntei. (Fala, é um nome meio grande – e esquisito – para eu ficar escrevendo toda hora.)

– Domi, pode ser – me disse ele.

Beleza.

Ele me disse que a professora Maura fazia quimioterapia, fazia tratamento contra o câncer. Por isso estava sem expressão, sem sobrancelhas, e usava uma bandana para esconder a calvície. Deixava-a com uma cara estranha, mas isso eu podia entender. Só não entedia direito por que ela parecia tão estranha quanto TODOS os outros da escola.

– Estão TODOS fazendo tratamento contra o câncer? – perguntei meio de brincadeira, meio na dúvida mesmo.

– Psiu – me disse Domi –, fala baixo; não seja indelicado, né?

Psiu, disse eu para mim mesmo.

– Tá certo, desculpa, foi mal, foi mal.

Leonilson continuava a pegar no pincel de forma estranha, e a pintar umas figuras mais estranhas ainda. A professora Maura olhava para ele com aquela cara de sei lá o quê que sua falta de sobrancelhas lhe conferia:

– Leonilson, minha criança, vamos voltar ao básico...

Eu nunca soube pintar tonga nenhuma mesmo. Aula de artes sempre me incomodou, exatamente pelo fato de eu não ter talento nenhum para isso. Diz aí, se você é ruim de matemática, de português, pode vestir a grife de vagal. Se você é um bangolê na educação física, ou na sociabilidade, pode fazer pose de *cult*. Mas se você não tem talento nem para uma das aulas inúteis que sobram, tipo artes, então é um loser total mesmo. Ou, como aprendi esses dias, uma nulidade.

– Você é uma nulidade? – me perguntou o garoto magrelo à minha frente. Putz, ele tinha as unhas megacompridas, e mais barba na cara que meu pai.

Eu olhei para o Domi, segurei o riso, olhei para o garoto e resolvi perguntar:

– Que você tá falando, moleque?

– Você é uma nulidade? – repetiu o magrelo.

Fiquei olhando para o Domi, tipo querendo compartilhar a piada, mas o Domi continuava me olhando com expectativa, como se também quisesse saber a resposta.

– Não, "sou seu pior pesadelo" – respondi. Resposta boba, que tirei direto desses filmes de ação toscos que passam de madrugada na TV; estava meio sem imaginação, eu sei. Mas o moleque pareceu se satisfazer, soltou um "ah", e voltou a olhar para a frente.

– Firmeza no pincel, Leonilson! – continuava a professora.

Domi cochichou no meu ouvido.

– É Leôncio, o nome dele é Leôncio, mas ela nunca acerta o nome de ninguém.

Fiquei olhando as figuras quadradas que Leôncio-Leonilson desenhava na folha. Eu já tinha visto aquilo em algum lugar... Onde era? Peguei o livro de história da arte da sala de aula e dei uma folheada. Lá estava! Leôncio-Leonilson estava fazendo uma reprodução perfeita de *Guernica*, de Picasso.

– Posso me sentar aqui com você? – me perguntava a menina que vomitara em mim no primeiro dia de aula, já se sentando ao meu lado na hora do recreio. Camila? Era isso, Camila. Lambia um sorvete de menta – ou pistache, ou um limão bem verde-ordinário – e me fazia recuar com medo de que aquela pasta verde fosse ser despejada de novo sobre mim. – Me desculpe pelo vômito de ontem – ela voltou a dizer.

Eu franzi a testa e balancei a cabeça como uma introdução para dizer "não foi nada", mas não consegui completar o sentido. Eu mesmo estava comendo um saquinho de ovos de amendoim e a visão daquele sorvete com a memória do vômito me deixou meio enjoado.

– São os demônios... – disse ela.

Eu assenti, querendo mudar de assunto. Mas foi isso mesmo que ela disse? "Demônios"?

– Ou os hormônios – explicou ela. – Dá na mesma. Sabe, a adolescência...

Eu engoli uma concordância, com a mão cheia de ovinhos. Observava o estranho movimento do intervalo naquela escola. Na verdade, nada estranho. De fato, tão estranho como qualquer intervalo, mas ainda assim, certamente esquisito. Havia um grupo de alunos na quadra à frente jogando futebol... mas a bola parecia uma cabeça humana. Algumas meninas brincavam de roda e entoavam cantigas – sem problemas, se elas já não tivessem a minha idade e as cantigas não fossem em latim. E mais da metade dos alunos dormia pelos corredores, como mendigos, jogados em farrapos. Aquilo era absolutamente natural, ou o que poderia se chamar de peculiarmente estranho.

– O pessoal daqui é esquisito mesmo – dizia Camila, como se adivinhasse meu pensamento.

Eu assenti, de boca cheia.

– É que o colégio tem esse enfoque alternativo, e procura respeitar as diferenças individuais, as crises pelas quais cada adolescente passa. Então a gente acha mais estranho porque cada um está apenas vivendo seu momento pessoal... ou pelo menos é isso o que a diretora disse à minha mãe.

Assenti novamente. Achei mais esquisito aquela menina ficar falando sobre a "proposta pedagógica" do colégio no intervalo. Não deveríamos estar falando sobre outras coisas?

– Você é diferente dos meninos daqui...

OK, isso não era espanto para mim. Ela me achava diferente, como todos os meus colegas sempre acharam. Só que, *naquele* colégio, minha diferença não era lá tão diferente, fala?

Eu torci a boca e resolvi participar ativamente do diálogo:

– Minha mãe acha que este colégio é a minha cara.

Nessa hora, Camila soltou uma risada que me fez virar a cabeça e olhar para ela. Era uma risada divertida, meio esganiçada, mas doce, gostosa; gostei daquela risada.

– Como é que um colégio pode ter a cara de alguém? – perguntou ela.

Eu ri. Pois é. Como é que um colégio pode ter a cara de alguém? (E eu continuava observando a cara dela. Camila até que não era feia, não, era interessante. Uma cara de menina meio desengonçada, é verdade, não era nenhuma modelo de passarela; mas, na verdade, essas modelos de passarela não são todas umas catarinas desengonçadas? E catarina desengonçada era o que me parecia Camila, talvez. Eu podia ver uma graça. Aquela vomitófora adolescente ao meu lado não era assim tão má; ao menos agora abria a boca para despejar coisas que eu mesmo digerira individualmente.)

Ela continuou:

– Os meninos daqui são muito problemáticos, individualistas, você é todo animado, cheio de amigos.

Ahn? Animado? Cheio de amigos?

– De onde tirou que sou cheio de amigos? Acabei de entrar aqui.

– Exato – ela retrucou –, e já é todo popular, conversando com aquele Dominique com quem ninguém fala, atraindo a atenção de todo mundo, conquistando as gatinhas.

Hahá. Aquilo era piada ou o quê?

– Conquistando as gatinhas?

– Bem, você não está aqui no intervalo conversando comigo?

Hahahahahahahá. Menina convencida. Hahahahahahá. Confesso que fiquei sem graça. Hahahahahá. Fiquei meio sem ter o que dizer. Hahahahahahahahá.

Balançando a cabeça, tentando não olhar para ela, encontrei Lupe, o menino com a camiseta dos *Toxic Avengers*, de pé na minha frente.

– Opa – aproveitei a oportunidade –, bacana sua camiseta. (Sim, ele ainda usava a *mesma* camiseta, parecia ser uniforme de escola.)

– Quem é o lorpa? – perguntou ele, me ignorando e olhando apenas para Camila.

Camila fez as apresentações.

– Lupe, este é o Ludo. Ludo, este é o Lupe, meu *ex-namorado* – disse ela, com ênfase no "ex".

– Ludo? Seu pai te ganhou no jogo ou o quê? – me perguntou o moleque torcendo a boca.

– Nos cavalos – respondi, só de chacota.

– Ahhh... – (Ele não pareceu ter entendido a ironia.)

– Bacana sua camiseta – disse eu novamente, para o caso de ele não ter ouvido, oferecendo a bandeira de paz.

Ele torceu ainda mais a boca, olhou para Camila franzindo as sobrancelhas e perguntou:

– Ele é uma nulidade?

Nulidade? De novo isso?

– É amigo do Dominique... E meu amigo também – disse Camila. (Sou? Opa, legal.)

Lupe abriu um sorriso. Um sorriso irônico, eu podia ver.

– Ahhhh, amigo do Dominique. – Esticou a mão para mim e me cumprimentou suavemente. – Prazer, Lu-do. – A mão dele era ossuda e um pouco suja, as unhas compridas... Talvez o cumprimento se pretendesse simpático, mas me pareceu um pouco falso, um pouco torpe. Eu apenas toquei a mão dele e assenti.

Esperava que pudéssemos conversar melhor em breve. Queria ter perguntado (de novo) sobre a camiseta; não era toda hora que eu via alguém com uma camiseta do *Toxic Avengers*, e certamente ele também não – você sabe quem são os *Toxic Avengers*? Pois então, podia ser uma oportunidade de conversar um pouco sobre isso. Não que eu estivesse *desesperado* para fazer novos amigos – eu não tinha amigos antigos, para começar; mas queria manter certa diplomacia, e o moleque usava a camiseta da minha banda favorita, poxa, achei que era um bom começo, de repente ele tocava alguma coisa, a gente podia começar uma banda... O que parecia era que – ao menos por enquanto – eu tinha de me manter na posição retraída de calouro.

Lupe se afastou tão rápido quanto veio.

– Desculpe, ele vive no mundo da lua – argumentou Camila.

Certo. Ele vivia. Não quero parecer um daqueles moleques resmungões, mas era a primeira vez que encontrava alguém com gostos parecidos com os meus, alguém que eu poderia chamar de "minha turma", e esse alguém simplesmente me desprezava, me dispensava, me considerando um páreo perdido numa corrida de cavalos. Aquilo era coisa para um homem de brios se sentir humilhado.

Mas Camila permanecia ao meu lado, e isso suavizava tudo.

9

Primeira semana de aula nunca se aprende nada. É mais para conversar com os colegas, contar das férias, conhecer os novos professores e saber o que vem por aí, tudo bem. Eu estava numa escola nova, então ainda mais motivos para me ambientar. Mas uma semana se passou naquela nova escola sem NADA que lembrasse vagamente educação. Não, nada de lições de casa, trabalhos em grupo ou temas a pesquisar. Que bom, não? Eu me encontrava numa tarde de sexta tão livre e descompromissado como numa tarde de férias. Mas me cutucava também o fato de que a manhã de segunda seria tão inusitada e tensa como um novo primeiro dia de aula. Uma semana naquela escola, e eu ainda não conseguia entender nada.

– Então, o Colégio Pentagrama não é a sua cara? – dizia minha mãe, mastigando uma ervilha torta.

– Como um colégio pode ter a cara de um moleque? – dizia meu pai, com um sorriso solidário para mim. – Mas eles devem gostar de ter sua cara por lá, hein? – acrescentava ele, que nada entendia.

Já disse que não sou um garoto rebelde, não gosto de ficar dando uma de revoltado; mas tenho personalidade, não consigo deixar de manifestar minha opinião. Então tive de avisar meus pais:

– Aquele colégio é muito esquisito.

Os dois pararam de mastigar.

– Esquisito como? – perguntou instantaneamente minha mãe.

– Esquisito? Como? – perguntou cautelosamente meu pai.

Eu espetei uma beterraba com o garfo e a fatiei, vendo o líquido roxo fluindo pelo prato.

– Esquisito. Bizarro. Bisonho. Despirocado. Vocês me colocam num dos mais tradicionais colégios religiosos da cidade, depois querem que eu me acostume com esse colégio "alternativo"?

Meus pais suspiraram de alívio. Então vi que aquele fora um erro. Não devia ter mencionado o colégio antigo. Eles deviam achar que eu estava estranhando o colégio novo pela rigidez do antigo – não foi isso o que eu disse? – e deviam achar que, agora sim, estavam na direção certa. Mas eu ainda tinha uma leve dúvida, uma suspeita, que eu precisava perguntar...

– Vocês não me puseram num colégio para doentes mentais, né?

Talheres foram largados. Meus pais me olharam, segurando um riso de espanto.

– Como é?

– Vocês não me puseram num colégio pra gente com problemas, um colégio alternativo, com a minha cara, porque colégios normais não me aceitariam mais, ou foi isso?

Meu pai engoliu um nabo.

– Ludovique, você não tem problemas mentais.

– Claro que não – acrescentou minha mãe.

– Você sabe que os problemas que teve no colégio anterior não foram derivados da sua capacidade intelectual – retrucou meu pai.

Fez-se silêncio na mesa.

Eu mesmo engoli o silêncio e fiz meu orgulho se manifestar alto e claro.

– Afe, claro que não tenho problemas mentais. Mas parece que todos nesse colégio têm. Quero dizer, se eu tive problemas no colégio antigo, os colegas desse meu colégio novo seriam presos pela polícia, internados no manicômio, teriam sofrido terapia de choque. São todos mil vezes piores que eu. E ninguém parece nem ligar. Por isso me perguntei... e perguntei...

Meu pai travou a garganta e olhou para minha mãe. Imagino que a pesquisa pelo "colégio perfeito" tenha sido feita na maior parte por ela, então meu pai talvez estivesse questionando sua escolha, estivesse duvidando de que minha mãe tivesse escolhido o colégio certo para mim. Ela dissera a ele que sim, mas e agora, com meu testemunho pessoal?

– Besteira – disse meu pai. – O professor Schimidt leciona lá.

Minha mãe assentiu aliviada.

– Não conheceu o professor Schimidt?

Não. Ao menos, não que eu soubesse. Meus professores todos tinham nomes como Maura, Tati, Cadu e outros tatibitates, nada como um nome respeitável de professor. Talvez algum deles até tivesse sobrenome, mas eu não saberia. Esse tal de Schimidt ensinava o quê?

– Filosofia.

– Não era sociologia?

– Zoologia.

– Ciências da Comunicação Avançada.

Eles não sabiam. Estranho. Eu, menos ainda. Queria explicar a eles que, até agora, eu nunca tivera uma aula expositiva. Os momentos em classe eram basicamente para alguns dormirem, outros conversarem, e outros simplesmente saírem da sala, que não tinha serventia alguma. Os professores não pediam a atenção dos alunos. Ninguém exercia disciplina. E era até difícil saber a que cada aula se referia, não fosse o cronograma que me haviam entregado, e as páginas dos livros que os professores diziam para ler, e deixavam anotadas no quadro-negro.

– Escute – disse meu pai. – O professor Schimidt é um acadêmico de renome, e leciona lá no Pentagrama. É um colégio conceituado, todos sabem; não se preocupe. Você só teve uma semana de aula. Na primeira semana não se aprende nada.

Exato. Na primeira semana não se aprende nada; não era o que eu dizia?

10

A segunda semana começou quebrando meu braço esquerdo.

Entrei na sala ligeiramente atrasado – algo como cinco minutos, dez minutos... OK, vinte minutos, não preciso mentir aqui para você, até porque ninguém estava contando. Entrei na sala sem problemas, não havia professor nem chamada; havia inclusive pouquíssimos alunos – nem Camila, nem Lupe –, só Domi acenando para mim no fundo da sala. Fui até lá.

– Cadê o professor? – perguntei.

Olhei ao redor. O magrelo barbudo de unhas compridas que já havia visto na aula de artes estava à minha frente, com cara de entediado. Tinha uma japonesa com os longos cabelos na cara, que parecia uma crente afundada nos cadernos; um moleque de óculos escuros meio dormindo... enfim, a cambada de freaks com a qual eu já estava me acostumando naquele colégio.

– Morreu – respondeu Domi.

– Como é que é?

Ele deu de ombros.

– Foi o que eu ouvi o povo cochichando por aí, que o professor Cadu morreu.

– Morreu do quê?

Antes que ele pudesse responder, a diretora Samantha entrou na sala – os peitos chegaram antes, é claro. Ela deu um sorriso, tocou o sininho e os alunos fizeram silêncio.

– Tudo bem, galera?

Alguns gemidos e resmungos indistintos.

– Eu não ouvi direito: tudo bem, galera?

Dessa vez os gemidos formaram algo como um "tuuuuudo".

– Assim está melhor. Bem, gente, vocês já devem saber que o professor Cadu morreu, né? – Ela fez um beicinho e pôs os punhos embaixo dos olhos para simular um choro.

Mas, vendo pelo lado positivo, isso quer dizer que vocês têm a primeira aula vaga! – Nesse ponto ela deu saltinhos batendo as mãos. – Então divirtam-se. E bebam com moderação! – E ela saiu da sala rindo.

Que foi isso?

Olhei para Domi, mas ele deu de ombros novamente. Cara, como não dá para achar essa escola estranha? Então o magrelo barbudo na minha frente se virou.

— Pesadelo, né? – disse.

— Como é?

— Seu nome, não é Pesadelo? Você não disse na aula de artes?

Putz, esse aí tem problemas mentais, sem dúvida.

— Zezinho – disse ele. Pelo menos o nome era meio que normal, e ele estava me oferecendo a mão, aquela mão ossuda cheia de unhas cumpridas, então achei que devia cumprimentá-lo, mesmo com nojo.

Quando toquei na mão dele, ele agarrou a minha com força e começou um braço de ferro.

— Ei, cara, isso não vale, eu não tava preparado.

— Cala a boca e luta, nulidade.

Os outros alunos se levantaram, nos rodearam e começaram a gritar:

— Zezin! Zezin! – Sacanagem, nem torcida eu tinha! Domi devia estar do meu lado, mas não se atreveu a dizer nada.

Eu era canhoto, o que já me deixava em desvantagem, e o moleque era forte pra caralho, preciso dizer. Ele ia vencer sem dúvida, mas eu não podia entregar assim, então continuei forçando. Em poucos segundos ele virou meu braço... com um estalo.

Ele levantou os braços, comemorando, recebendo tapinhas nos ombros dos outros. Eu não conseguia falar nada. O estalo com que ele me venceu foi meu braço quebrando.

— Ludo? Ludo, tá tudo bem? – me perguntava o Domi.

Voltei para casa de braço enfaixado. Aquilo não estava indo bem. Felizmente não tinham ligado para avisar meus pais, mas não ia ter como esconder deles. Não havia quebrado de fato, felizmente, foi uma luxação, mas eu ficaria pelo menos uma semana com aquela bagaça enfaixada. Como eu era canhoto, não ia me atrapalhar tanto, mas... Droga, agora mesmo é que minha mãe ia achar que eu era um coitadinho aloprado pelos colegas.

– Ludo! Deus do céu, o que houve com seu braço?

Punheta, pensei em dizer. Mas não tive coragem...

– Querido, corre aqui! – dizia ela para o meu pai, que veio correndo em seu passo de tartaruga das Galápagos.

– Ludovique, o que foi isso?!

– Nada, nada, eu só estava... batendo bolo.

Minha mãe fechou a cara e balançou a cabeça.

– Ludovique, você está sendo vítima de bullying?

Pfffff. Agora essa.

– Que mané bullying, mãe? Leu isso numa revista?

– Eu sou psiquiatra, sei como são essas coisas. Os colegas do Pentagrama estão rejeitando você?

Rejeitando não era a palavra.

– Não, mãe, está tudo bem, foi só um braço de ferro...

– Braço de ferro! O que está havendo, Ludovique? Agora está metido a valentão? – perguntou ela, exasperada.

Meu pai olhava quieto, mas com um certo sorriso. Eu sabia que ele se orgulhava de ter um filho que arrumava briga, fazia braço de ferro e se esfolava. Vai entender os pais...

– E como ninguém do colégio ligou para me avisar? – perguntava minha mãe indignada. – Chega, amanhã vou ao colégio conversar com a diretora.

Ai, agora isso...

– Vai nada, mãe. Foi só uma brincadeira. Deixa disso...

– Não adianta, eu vou. Que tipo de brincadeira é essa? Você não disse que achou o colégio estranho? Muito bem, eu também estou achando. E amanhã vou cedinho com você conversar com essa diretora e ver o que há de errado por lá.

11

Quando você já está morto, e pode atravessar paredes, possuir corpos e assombrar a galera em geral, por que vai querer uma mãe por perto te atazanando? Por que um fantasma seria carente a esse ponto?

Era o que eu me perguntava, assistindo ao final de um filme de terror japonês no meu celular, enquanto esperava com a minha mãe na sala da diretora.

– Detesto esses filmes de terror em que o fantasma é bonzinho, que o fantasma só é malcompreendido e precisa de amor. Fantasma tem de ser mau! Fantasma tem de ser mau! – deixei escapar.

Minha mãe puxou o fone do meu ouvido.

– Desligue isso, Ludo. Não precisa ficar assistindo essas coisas até aqui, a essa hora da manhã.

Ah, "essa hora da manhã". Muito cedo para ver filmes de terror, né? Mas o horário perfeito para aprender sobre equações exponenciais. Bem, eu não estava aprendendo muita coisa naquele colégio, isso é certo, e também por isso minha mãe estava do meu lado, esperando para falar com a diretora, que estava demorando horrores.

A diretoria até que era normal, para uma diretora daquelas. Tinha diplomas emoldurados na parede – o que era surpreendente de se ver, a diretora ERA formada – e molduras com recortes de jornal. Quando reparei melhor, vi que eram recortes sobre o Dudu Come-Come, aquele serial killer que matou dezenas de crianças e adolescentes, e cozinhou os corpos. Era melhor que minha mãe não reparasse naquilo.

– Você não vai me dizer mesmo o nome do colega que quebrou seu braço? – ela me perguntava de novo.

– Mãe, deixa disso, já disse, não quebrou, foi uma brincadeira...

– Que tipo de brincadeira é essa, Ludo? Olha, sempre tentei aceitar que esses seus gostos, esses filmes que você assiste eram coisa normal, da idade, mas estou começando a pensar que isso está passando dos limites. Que você não está crescendo de forma saudável...

– Ai, mãe, dá um tempo...

– Você foi praticamente EXPULSO do colégio anterior, Ludo, e agora mal entrou neste e já arrumou briga...

– Não foi briga, já disse mil vezes, foi braço de ferro!

– Dá na mesma.

– Não dá, não.

Nesse instante entrou a diretora Samantha, alegrinha como sempre, sentando-se em sua mesa à nossa frente.

– Desculpe a demora! Tive uma pequena emergência.

Tinha algo de estranho nela. Digo, algo mais estranho que de costume, mas eu não sabia dizer o que era.

– Então, o que desejam?

Um cheeseburguer sem picles e uma batata média, pensei em dizer, mas achei melhor não vir com gracinhas. Minha mãe se adiantou:

– Meu filho torceu o braço ontem nesta escola.

A diretora fez um beicinho, ou melhor, um beição.

– Oh, é verdade, coitadinho – inclinou-se e beijou meu gesso. – Já vai sarar.

Minha mãe ficou boquiaberta. Eu já estava acostumado com a esquisitice da diretora, mas fiquei olhando seu beição, que parecia mais inchado que o normal.

– Como ninguém ligou para me avisar? – perguntou minha mãe.

– Ah – disse a diretora acenando com a mão –, essas coisas não precisa avisar, não é? Você logo ia ver. Além do mais, cuidamos de tudinho, levamos ao pronto-socorro, fizemos curativo, demos beijinho – ela se inclinou mais uma vez, beijando seguidamente meu braço.

Eu continuei olhando o beiço da diretora. Minha mãe levantou o tom de voz:

– A senhora acha isso uma piada? Isso não tem graça! Meu filho bem que disse que havia algo de estranho nesta escola e...

– Algo de estranho? Que algo de estranho? – interrompeu Samantha. Agora parecia ofendida.

– Não sei; diga, Ludo, o que há de errado com esta escola?

A diretora me encarou com uns olhos de tigre, prestes a me devorar, e isso não me parecia bom, te digo.

– É, Ludo, diga, o que há de errado aqui?

Eu fiquei olhando para ela, sem saber o que dizer, vendo aquele beiço...

– Seu lábio está inchado?

Imediatamente ela suavizou num sorriso e voltou ao tom alegrinho de sempre.

– Ah, é colágeno! Apliquei ontem, ainda está meio inchadinho. Mas não ficou bom?

Minha mãe balbuciou algo, sem palavras. Gaguejou. Então finalmente disse:

– Estou achando que cometi um terrível erro ao matricular meu filho nesta escola.

A diretora fechou a cara novamente.

– Não fale bobagem, ele mal acabou de entrar.

– Exato! – disse minha mãe, novamente exaltada. – E já quebrou o braço!

Samantha mandou outro aceno de desprezo.

– Não quebrou. Foi só uma luxação. E é normal um aluno levar um tempo para se acostumar com a nova dinâmica da aula. Por que não mandamos Ludo para o psicólogo da escola para conversar sobre isso?

Ai, essa agora, psicólogo?

– Psicólogo? – perguntou minha mãe, indignada. – Eu sou psiquiatra, dona Samanta...

– É Samantha, com H.

– Sou psiquiatra, dona Samantha, e te digo, não é o Ludo que está precisando se tratar...

A diretora comprimiu os olhos, novamente uma fera.

– Pois eu acho que ele deveria. Você sabe, ele não saiu em bons termos do último colégio, não seria bom para o histórico escolar dele mais uma saída tão repentina...

Crendiospaia, o que era aquilo? Ela estava me ameaçando?

– Dona Samantha, a senhora está ameaçando meu filho?

Ela balançou a cabeça.

– Só estou dizendo que seria bom para ele uma ajuda para se adaptar. A senhora é psicóloga...

– Psiquiatra.

– A senhora é psiquiatra, sabe como isso pode ser útil. – Então a diretora abriu sua agenda. – Posso marcar uma consulta dele com o psicólogo aqui da escola, o Dr. Yorick, esta tarde mesmo.

Dr. Yorick? De onde tiraram esse nome; parece algo saído de *Star Wars*.

Diabos, agora eu tinha de ficar depois da aula, almoçar na escola, para conversar com o psicólogo de tarde. Minha mãe não ficou feliz em dar o braço a torcer sobre meu braço torcido, mas teve toda aquela coisa do meu "histórico escolar", e não teve outro jeito. Ela devia pensar que acabaria sendo bom avaliar minha "obsessão doentia por filmes de terror", como se algum psicólogo pudesse me curar disso.

– Ludo, como está seu braço? Fiquei preocupada com você...

Era Camila, me encontrando no pátio na hora da saída. Bom vê-la para lembrar que aquele colégio tinha coisas boas... Eu já tinha um amigo, Domi, uma menina interessada e interessante. As coisas não estavam tão ruins assim...

– Foi muita idiotice da sua parte fazer braço de ferro com o Zezinho do Caixote.

– Zezinho do Caixote?

– É o apelido dele, pelo menos. E ele é pirado. Um animal selvagem mesmo.

– Bem, eu não tive muita escolha, ele agarrou minha mão antes que eu pudesse fazer qualquer coisa!

Camila então ficou me olhando, suspirou fundo. Tentei identificar se aquele era um olhar de gente apaixonada, mas não era para tanto, parecia mais um olhar de preocupação genuína.

– Ludo... Não sei se você sabe exatamente que tipo de colégio é este...

O que ela queria dizer com isso? Deu mais um suspiro e continuou.

– Não sei se você se encaixa bem aqui...

Vixemaria, até ela?

– Camila, o que está dizendo? Eu acabei de entrar e...

– Este não é um colégio para pessoas normais...

Como é que é? Então minha suspeita inicial tinha fundamento. Aquilo era um colégio para doentes mentais?

– Você está dizendo que...

– Ela está dizendo que você é uma nulidade, e não pertence a este lugar – interrompeu Lupe, colocando os braços ao redor da cintura dela e me mostrando os dentes. Nossa, ele AINDA usava a camiseta dos *Toxic Avengers*.

– Bela camiseta – disse eu pela terceira vez.

– Troca a faixa, rapá! – respondeu ele.

– Então troca a camiseta!

Camila se desvencilhou do moleque.

– Lupe, eu estava conversando em particular com o Ludo.

– E desde quando você tem assunto com essas nulidades? Eu te disse, ele não é igual a gente.

– Bem, você também não é igual a ela, isso é certo – disse eu desafiando.

Lupe se aproximou com o punho fechado na minha cara.

– Quer sair com os dentes quebrados também?

Antes que eu pudesse responder, Camila o puxou para trás.

– Não seja covarde, Lupe, venha. – E partiu com ele em direção à saída. Só teve tempo de se virar e dizer: – Ludo, tome cuidado, tá?

Porcaria. Mal entrei na escola e já tinha um inimigo mortal.

12

Esperava e esperava na sala do psicólogo, o tal de Dr. Yorick. Olhava para o teto, olhava para as paredes. Via os livros na prateleira e os diplomas pregados. Na minha frente, em cima da mesa, um crânio humano bem realista. Achei bacana como decoração, combinava com um psicólogo e tal, mas depois de um tempo comecei a achar meio macabro, parecia que a caveira estava me encarando...

– Então, vamos ficar apenas nos encarando? Não tem nada a dizer?

Ouvi aquela pergunta, mas não entendi direito de onde vinha.

– Cadê você? – perguntei olhando ao redor da sala. Será que eu estava sendo filmado e um alto-falante conversava comigo?

– Aqui, bem em frente.

Continuei procurando. Eu me levantei, fui atrás da mesa, olhei embaixo, mexi nos livros da estante.

– Aqui onde?

– Aqui, o crânio, rapaz, sou eu, Dr. Yorick.

Parei de pé na frente da caveira. Não conseguia acreditar. Comecei a rir.

– A voz está saindo desta caveira?

– Não é o que lhe parece? – respondeu a caveira, sem mexer a mandíbula nem nada.

– Hahahahahahahá. Comédia!

– Qual é a graça?

– Hahahahahá. – Eu mal conseguia responder. – Hahahahá. Que ideia! Colocar uma caveira pra falar... Cadê você?

– Estou aqui, oras!

– Onde? – continuei procurando. Levantei a caveira para ver se tinha algum microfone, alto-falante, fio. Nada.

– Ei, me solte agora mesmo. Me ponha na mesa.

Parei um pouco de rir. Aquilo era engraçado, mas um pouco bizarro...

– Então tá, quer que eu acredite que estou falando com uma caveira?

– Você está falando com uma caveira, não está?

Eu estava. E por um instante fiquei um pouco preocupado. Será que meu problema era mais grave do que eu pensava? Eu estava conversando com uma caveira...

– Hahahahá – voltei a rir. Não, aquilo era uma pegadinha.

– Rapaz, sua diretora o mandou aqui porque você está tendo problemas de adaptação, então é melhor começar a me contar como está se sentindo.

– OK, OK – disse eu tentando sufocar o riso. Sentei novamente na cadeira em frente à caveira e procurei não a encarar para não desabar em gargalhadas novamente.

– O que quer saber?

– Você é virgem? – me perguntou a caveira de supetão.

– Como é que é?! – Eu perdi o fôlego, então desabei novamente em risos. – Hahahahahahá!

– Não estou vendo graça nenhuma.

– Hahahahahahá, desculpe, desculpe...

– Então, rapaz, responda, você é virgem?

– Hahahahahá. Hahahahahá. Eu não vou responder isso pra uma caveira! Hahahahá.

Naquele ponto a caveira pareceu suspirar. A caveira suspirou? Eu parei um pouco de rir. Era hilário, com certeza, e também bem bizarro, uma caveira me perguntando sobre minha vida sexual. Tinha algo de kinky aí, diz?

– Não estamos chegando a lugar nenhum, Ludovique. Você tem de ser honesto comigo...

– Tenho de ser honesto com uma caveira?!

– Sim, tem de ser honesto com seu psicólogo. Eu perguntei se você é virgem. Isso não me parece engraçado...

– Não, não parece, hahahá...

Suspiro novamente vindo da caveira.

– Não vai me responder?

– Não, não... hahahá.

– Não o quê? Não vai me responder ou não é virgem?

– Não, não sou virgem, hihi, hihi...

Dessa vez pareceu que a caveira bufou.

– Você está falando a verdade? Ou só está querendo contar vantagem? Não é vergonha nenhuma admitir que é virgem...

– Pra que eu ia querer contar vantagem pra uma caveira?! Hahahá.

– Exatamente...

– Mas então me diz aí você – perguntei. – Você é virgem? Sexo oral conta como sexo? Hahahahá.

– Não, sexo oral não conta como sexo! – me respondeu a sério a caveira.

– Não conta? Então você é virgem sim! Hahahahahá!

– Fora da minha sala – disse a caveira.

Eu continuei rindo.

– FORA DA MINHA SALA!

Continuei rindo até de noite, na hora do jantar, quando meus pais me perguntaram como foi a conversa com o "Dr. Yorick".

– Como é, uma caveira? – perguntou minha mãe.

– Hahahá. Isso. Uma caveira em cima da mesa, era esse o psicólogo com quem eu tive de falar. Hahahá.

– Hum, interessante... – disse meu pai comendo o risoto de lagostim. (Risoto de lagostim! Dessa vez ele se superou; bem bom.)

– Não acho nada interessante – respondeu minha mãe.

– Essa escola está passando dos limites da bizarria. Se você conversasse com a diretora dele, a dona Samantha, "com H", você veria.

– É um método alternativo, querida, esse de colocar o aluno para refletir com uma caveira. Não vê até o nome que eles deram, Dr. Yorick? Isso é Shakespeare puro! Terapia existencialista.

– Existencialismo bizarro, isso sim – respondeu minha mãe. – Nunca ouvi falar desse método. Ele precisava era conversar com um profissional de verdade.

– Bem, ela falava comigo – respondi, segurando o riso, mas me arrependi instantaneamente. Se seus pais acham que há algo de errado com você, não é muito recomendado confessar que ouviu uma caveira falando no consultório do psicólogo.

– Ela falava com você? – me perguntou minha mãe, de fato começando a duvidar da minha sanidade.

– É, mas olha, não foi loucura não, quero dizer, foi beeeem louco, mas era parte desse método, sei lá. Eles deviam ter colocado um alto-falante em algum lugar. Só parecia que a voz saía da caveira.

– Hum – disse meu pai engolindo. – Bem interessante mesmo!

Minha mãe lançou um olhar afiado para ele, como se ele não estivesse ajudando na situação.

– E o que ela falava? – perguntou minha mãe.

Naquele ponto eu fiquei sério. Bem sem graça. Não queria piorar as coisas dizendo que a caveira só queria saber sobre minha vida sexual.

– Querida, você não pode perguntar isso; você sabe, essas coisas são confidenciais... – me salvou meu pai.

– Ele é meu filho!

– Por isso mesmo. É assunto entre psicólogo e paciente, sua interferência não vai ajudar, ainda mais sendo mãe e psiquiatra.

Naquele ponto minha mãe ficou quieta. Ufa. Agora eu podia comer em paz.

– Mas então – perguntou meu pai –, o que a caveira disse?

É. Foi um dia de muitas risadas e insanidade, mas depois do jantar, depois de driblar meus pais, sozinho no quarto, comecei a refletir seriamente sobre tudo aquilo, até porque, com o braço fodido, eu não podia tocar guitarra, não podia jogar videogame, não podia fazer porra nenhuma.

Que havia algo de errado com o Colégio Pentagrama, eu percebi logo de cara. Que havia algo de errado comigo, era o que todo mundo parecia achar. Mas o que havia de errado que eu não conseguia me encaixar naquele lugar? O que Camila tentou dizer para mim na saída da escola, perguntando se eu sabia que tipo de colégio era aquele? Eu já perguntara aos meus pais se eles haviam me matriculado num colégio para alunos com problemas e, aparentemente, eles próprios não sabiam que tipo de colégio era aquele. Talvez fosse melhor perguntar para outro aluno. E o único de quem eu tinha o celular e certa abertura era o Dominique.

– Como foi a conversa com o Dr. Yorick? – me perguntou ele imediatamente.

– Hum... isso é confidencial – respondi.

– Ah, deixa disso. Você não vai levar a sério a conversa com uma caveira, vai?

– Hum, você já falou com ela? Ele? Esse Dr. Yorick?

– Logo que entrei na escola, também. Problemas de adaptação.

– O que esse povo tem na cabeça?

– Osso! – respondeu Domi. E nós dois rimos.

– Olha – finalmente parei de enrolar –, te liguei porque queria te fazer uma pergunta. Você sabe exatamente que tipo de colégio é aquele?

– Como assim "que tipo"?

– Bem, que não é uma escola normal, qualquer um pode perceber. Mas eu queria saber se é, hum, pra alunos com algum tipo de necessidades especiais, algo assim?

– Você quer dizer, retardados mentais?

– Não... É. Mais ou menos... Gente com problema, sei lá.

– Bem, é claro que todo mundo que estuda lá teve problemas nos colégios anteriores...

– Ah...

– Acho que eles aceitam gente que nenhuma outra escola aceitaria.

– Um colégio para alunos problemáticos?

– Isso não é óbvio?

– É... – Claro que era. Mas... – Você foi expulso do seu último colégio.

– Hum... mais ou menos...

– Eu também... – respondi. Quer dizer que Domi foi expulso? Ele parecia tão certinho, CDF. – O que você aprontou? – perguntei.

Do outro lado da linha ele pigarreou.

– Deixa pra lá... Olha, é só você ficar na sua que não vai ter problemas no colégio. Eles não se incomodam com gente como a gente.

– Ahn? Como assim, "gente como a gente"? – perguntei.

– Bem... – Dava para perceber que Domi estava constrangido com aquela conversa toda. – Logo que você entrou eu já vi que você era diferente...

– O que está falando? Diferente como?

– Mais... sensível que os outros meninos.

Que papo era aquele!

– Domi, que papo é esse? Sensível?

– É, eu percebi que a gente tinha a ver...

– Olha, preciso ir, tá? Não sou sensível nada, boa noite. – E desliguei na mesma hora.

"Sensível"? Que papo era aquele? Que aquele Dominique fosse... gay, eu já desconfiava, tudo bem, mas agora era ele que desconfiava de mim? Será que a escola toda desconfiava, por isso as perguntas daquele psicólogo-caveira sobre minha vida sexual? Era só o que faltava, sair de um colégio com fama de comedor e entrar em outro com fama de gay...

13

Tentava prestar atenção numa das raras aulas expositivas. A professora Tati, de biologia, falava de predadores, parasitas, simbiose e mutualismo, mas ninguém parecia muito interessado. Os alunos em geral dormiam, roncavam, babavam em suas mesas. Ao meu lado havia um moleque que babava de olhos abertos, uma baba grossa, viscosa, que me deixava mais certo de que aquele era um colégio para doentes mentais. Reparei que ele tinha um caso sério de acne; espinhas por toda a cara, pescoço, sua pele parecia estar apodrecendo. Crendiospaia! Lupe, com a mesma camiseta de sempre, dos *Toxic Avengers*, dormia lá no fundo, mas roncava alto como um porco, e ninguém, nem mesmo a professora, parecia se importar. Uma carteira atrás estava aquele Leôncio-Leonilson, que pelo visto era o único a copiar o que a professora dizia – eu até poderia copiar, já que sou canhoto, mas o braço direito enfaixado me dava uma boa desculpa para ser vagal. Reparei que o Leôncio escrevia freneticamente, sem nem olhar para o papel.

– O que está fazendo? – perguntei.

– Estou escrevendo um romance espírita – respondeu ele. – Psicografando. Dá pra ganhar uma grana com essa porra.

Ah. Eu era mesmo o único a prestar atenção na aula.

Domi prestava atenção em mim, mesmo sentado distante, eu percebia. Logo que cheguei ele tentou puxar conversa, mas eu me esquivei. Já tinha tido demais daquela história de "garoto sensível", e talvez esse fosse meu principal problema naquela escola. Quero dizer, eu não conseguiria me enturmar enquanto ficasse colado num garoto CDF e "sensível". Será que era isso que aquele Lupe queria dizer me chamando de "nulidade"?

– Quero que vocês formem duplas e escolham uma dessas relações bióticas para me entregar uma pesquisa na próxima aula – disse a professora.

Os alunos começaram a se movimentar para formar suas duplas e eu vi Domi erguendo os olhos para mim como um cachorrinho à espera do dono. Ai, só ia sobrar ele? Veio caminhando timidamente em minha direção, quando Camila me salvou. Virou a cabeça naquele ângulo improvável que só ela conseguia fazer e me chamou:

– Ludo, faz comigo?

Domi parou entre as carteiras, esperando. Respondi imediatamente:

– Claro, claro.

Lupe acordou e veio do fundo da classe, colocou a mão no meu ombro e rosnou para Camila.

– Vai fazer com a nulidade?

Camila olhou para ele, sustentando o pescoço virado:

– Vou, vou fazer com a nulidade.

Ave, até ela.

Domi ficou parado, visivelmente decepcionado, sem saber muito o que fazer, nem com quem fazer o trabalho. Então um moleque estiloso, todo de preto, usando óculos escuros foi até ele.

– Dominique, faz comigo?

Pronto, resolvido. Domi tinha encontrado outro amiguinho.

Ele olhou para o menino, olhou para mim e respondeu ao menino me lançando um olhar amargo.

– Claro, vamos fazer.

A professora observou a formação das duplas e completou.

– Essa pesquisa servirá de introdução às relações que vocês verão *in loco* na viagem que farão para estudo do meio, na ilha da Carcaça.

Viagem? Estudo do meio? Ilha da Carcaça?

– A diretora Samantha virá informar vocês de todos os detalhes.

14

O psicopata da máscara de hóquei caminhava tranquilamente pelos bosques ao redor do acampamento onde morava. Se soubesse o que esperava por ele, estaria tremendo de medo. Em breve sua paz seria destruída pela invasão de dezenas de dementes, insanos, doentes e aborrescentes colegas do Colégio Pentagrama... Pelo menos foi isso que eu pensei, quando fiquei sabendo do nosso "estudo do meio".

– Viagem? Já na semana que vem? Como ninguém nos avisou nada? – perguntava minha mãe na hora do jantar.

– Está tudo aí, neste papel. Eles nos avisaram hoje.

Minha mãe pegou a circular e olhou por cima.

– Mas tinham de avisar com antecedência, para a gente se programar. Isso é caro...

– Tudo bem – amenizou meu pai. – Vai ser bom para o garoto se enturmar.

Minha mãe baixou a circular e lançou um daqueles olhares para ele.

– Eu não sei se é uma boa ideia ele viajar com esse colégio. Eles têm umas ideias muito... excêntricas.

Eu suspirei. O que era aquilo agora, minha mãe tinha sofrido um surto de caretice?

– Que caretice é essa, meu amor? – veio meu pai para me salvar. – Fomos nós mesmos que procuramos um colégio mais alternativo para o Ludovique. E nessas viagens é que se criam os verdadeiros laços, as amizades...

– Eu não sei se é bom ele criar laços com esse colégio... – disse ela.

Meu pai balançou a cabeça.

– Querida, se ele está estudando lá, é melhor que se enturme. Não seria fácil transferi-lo novamente...

Ela suspirou.

– Conversou com o professor Schimidt? – indagou ela ao meu pai. – Perguntou a ele mais sobre a proposta desse colégio?

– Er... bem... – meu pai estava incomodado.

– Não conversou? Querido, precisamos de mais referências dessa escola...

Meu pai estendeu a mão, interrompendo-a.

– Na verdade, fiquei sabendo que o professor Schimidt morreu.

– Morreu? – perguntou minha mãe, perplexa. Puxa, parecia que os professores daquele colégio morriam com frequência.

– Sim, uma fatalidade – disse meu pai. – Eu ainda não sabia. Uma tristeza.

Um silêncio se apoderou da mesa. Eu não aguentei, e perguntei, ansioso:

– Então eu vou? Vou ao acampamento? – perguntei.

– Sim, sim – bufou meu pai. – Claro que vai.

Que ótimo! Quero dizer... acho que era ótimo, não era? Eu mesmo não estava certo. Sentia uma certa ansiedade, vontade de ir, mas ao mesmo tempo um frio na espinha, confesso, certo medinho. Como seria passar um fim de semana inteiro com aquele bando de freaks? Se meus pais não tivessem deixado, eu ficaria puto... mas ao mesmo tempo, ficaria um pouco aliviado.

Na verdade, o maior motivo para eu querer ir era ela, Camila, e o maior receio também. Principalmente depois daquela tarde. Saímos da escola juntos, combinando o trabalho de biologia.

– Não quer ir para a minha casa fazer a pesquisa? – perguntou ela.

– Hum, sua casa, hoje?

– É, hoje, agora. Assim vamos adiantando o trabalho.

– Bem, pode ser...

Sem dúvida, iniciativa era o que não faltava àquela menina. Liguei para minha casa avisando e segui para a da Camila, que ficava a uma curta caminhada. Fomos conversando.

– Camila... – eu queria perguntar mais sobre o enfoque daquela escola. – O que quis dizer com aquela história de eu não pertencer à escola?

O caminhar leve e sedutor dela ficou lento e pesado. Ela me olhou com visível preocupação.

– Ludo, por que seus pais o puseram nessa escola?

Fiquei um pouco constrangido. Não tanto por ter de explicar que fui praticamente expulso do outro colégio, mas porque isso implicaria contar sobre meu namoro com a Carolina, o problema que tivemos...

– Era um colégio muito rígido, religioso – simplifiquei. – Eu não me encaixava realmente lá.

Camila me olhou com cuidado.

– E acha que se encaixa aqui?

Eu dei de ombros. Ei, não era eu quem estava fazendo as perguntas?

– Que tipo de escola é essa, afinal?

– Não é uma escola para alunos normais – disse ela, sem olhar nos meus olhos.

– Bem, isso eu já sabia... Que tipo de alunos? Alunos com problemas mentais?

Ela pensou por alguns segundos. Dava para ver que agora era ela quem estava envergonhada. Se eu não me encaixava no colégio, e ela sim, provavelmente tinha vergonha de admitir para mim que ELA sim, tinha problemas.

– Algo mais como... superdotados – explicou ela. – Alunos com características especiais.

– Ah... – disse eu, um pouco aliviado. Superdotado era uma palavra melhor que retardado mental. Mas na prática não era a mesma coisa, ou o contrário?

– Você – perguntei –, o que você tem... de especial?

Ela me olhou visivelmente constrangida, mas logo suavizou num sorriso malicioso.

– Não consegue ver?

Aquilo era uma cantada... ou mais um convite a uma cantada. E eu tentei corresponder.

– Bem, pra mim você é bem especial... – Eu sorri. – Mas queria saber seu problema...

Camila me cortou logo.

– Digamos que tenho problemas de personalidade.

– Hum... – insisti. – Como esquizofrenia?

– Como esquizofrenia.

Caminhamos em silêncio mais um quarteirão. Então ela continuou.

– Eu gosto de você, Ludo. Você é diferente dos outros meninos. Mas isso pode ser um problema. Pra você a escola pode ser... perigosa.

Naquele ponto eu ri.

– Está falando do Lupe? Acha que eu tenho medo dele?

– Deveria – disse ela de forma sombria.

Eu a encarei por alguns instantes.

– Qualé, ele é só um vagal que não troca a camiseta.

– Ele não é *só* isso – acrescentou ela, e tirou as chaves do bolso. Estávamos na porta de sua casa.

– Então, Ludo, está gostando do Pentagrama? – me perguntava a mãe de Camila, me servindo o macarrão. (Crendiospaia, parece que esta história é uma sequência interminável de almoços e jantares, eu sei. Mas precisava contar como foi meu almoço na casa dela.)

– Hum... está bacana – respondi com aquela vergonha básica de quem encontra a sogra pela primeira vez. Não que ela fosse aquela *sogra* típica, de filme de terror. Dona Lucinha era uma mulherzinha magrinha, advogada, mas com cara de professorinha, menor que a Camila e com certeza bem menor que eu. E parecia simpática. Na verdade, parecia mais inofensiva que a filha. A comida era bem mais pesada do que eu comeria em casa, um macarrãozão desses de família, não me dava muito apetite, mas... percebi como eu estava ficando esnobe em relação a isso, igual a meus pais, então me esforcei para comer. Pelo menos o macarrão era fácil de comer usando só uma das mãos, usando só o garfo, com meu braço enfaixado.

– Mudar de escola nunca é fácil, eu sei – continuou a mãe dela –, mas a Camila se enturmou bem rápido, não é filha?

Camila revirou os olhos.

– Eles têm uma proposta pedagógica muito bacana – continuou dona Lucinha.

Eu assenti concordando, com a boca cheia de macarrão.

– Com certeza você vai se dar bem lá, Ludo.

– Vamos arrancar sua cabeça! – Camila disse para mim numa voz rouca.

Eu olhei para ela, pasmado. Mas a mãe não parecia espantada, e continuou o papo:

– Gosto do seu estilo. Isso que você tem no lábio é um...

– Piercing.

– Isso. *Piercing*. Não atrapalha pra comer?

Eu já balançava a cabeça, acostumado com a pergunta, quando Camila soltou outra.

– Vamos fazer você engolir seu piercing!

A mãe sorriu, meio querendo se desculpar pela filha.

– Quer mais macarrão, Ludo?

– Nós vamos comer suas tripas com molho!

Antes que eu respondesse, a mãe de Camila já foi me servindo.

– Ignore, Ludo, ela sempre tem essas crises – tentou suavizar. Mas dava para ver que ela estava visivelmente constrangida. – Quer queijo ralado?

Naquele ponto Camila começou a chacoalhar a mesa toda, sei lá como, e copos viraram, talheres tremeram nos pratos.

– Camila, por favor, tente se controlar... – disse a mãe tentando manter a calma.

– Er... está tudo bem? – perguntei, sem saber o que fazer.

– Sim, sim, daqui a pouquinho passa... – disse a mãe.

Então Camila se atirou sobre a mesa, e começou a jogar pratos e travessas no chão, gritando e se debatendo.

– Camila, filhinha, Camila, se acalme – falava a mãe num tom de voz sei lá como suave. Ela já devia mesmo estar bem acostumada com aquilo.

– Ludo, desculpe, acho melhor você ir embora.

– Er... OK. Ela vai ficar bem?

– Vai, vai. Não se preocupe. Isso é normal.

☠

Normal? Normal era eu! Eu pensava de noite no meu quarto, depois do jantar. Normal era eu, e isso era mais do que estranho. Camila esclarecera que o Colégio Pentagrama era para moleques "especiais", moleques estranhos, superdotados e retardados mentais, mas aparentemente meus pais não sabiam disso. E, de qualquer forma, a estranheza dela superava qualquer estranheza que eu já vira. Esquizofrenia? Podia ser. Porém parecia mais que ela estava possuída pelo demo! Que papo era aquele de "vamos comer suas tripas com molho"?

Bem, fosse um colégio para superdotados, retardados ou amaldiçoados, a questão é que eu queria me encaixar. Não seria fácil que outro colégio me aceitasse, como dissera minha diretora, e... bem, era um colégio de freaks, né? Eu queria me encaixar. A questão agora era se eu conseguiria, não sendo exatamente superdotado. Será que eu era normal demais para aquela escola?

Pensava tudo isso ouvindo o novo álbum do *Eye of Dambala*, bandinha meio poser, mas até que tinha umas coisas legais. No intervalo entre uma faixa e outra, ouvi uma voz familiar vindo da sala lá embaixo. Me aproximei da porta para tentar ouvir.

– O Ludo me parece um bom garoto, mas...

Antes que eu pudesse ouvir o resto da frase, a próxima música começou com uma série de gritos e miados de guitarra. Puta merda. Apertei o STOP, abri a porta e fiquei ouvindo lá de cima.

– Não se preocupe – dizia minha mãe –, você não vai ter problemas com o Ludo.

– A Camila gosta dele.

Putz, era a mãe da Camila! Dona Lucinha, a advoga-dazinha, que me pareceu tão simpática no almoço estava lá para falar com meus pais que eu não era boa influên-cia para a filha. Eu não era boa influência? Me pergunto como EU poderia estragar mais uma menina daquelas, com todo o respeito. Mas peguei a conversa no fim. Logo eles estavam se despedindo e ouvi a porta abrindo e fe-chando. Que merda.

Resolvi ficar o resto da noite no quarto. Não queria ter de ouvir sermões dos meus pais àquela hora. Só esperava que eles ainda me deixassem viajar com a escola. Era a melhor forma de eu ficar próximo e tentar entender aque-la menina.

15

Eu estava no meio de uma floresta, uma floresta daquelas de filme de terror, com neblina, uivos por todos os lados e, em meio aos uivos, um grito.

Era Camila. Eu podia identificar. Quase podia sentir seu cheiro. E fui em direção a ela.

Os uivos se intensificavam ao meu redor. Em meio às árvores, eu podia ver vultos de lobos correndo. Eles também estavam seguindo os gritos de Camila. Eu precisava encontrá-la antes deles.

Avistei-a correndo bem ao longe. Desesperada, os lobos em seu encalço. Tentei gritar para que esperasse por mim, mas eu não tinha fôlego. Continuei correndo, os lobos ao meu redor, estava me aproximando dela.

Camila então tropeçou, caiu no chão enlameado da floresta, eu aproveitei para vencer a distância. Espere por mim, espere por mim...

Ela tentava se levantar, virou-se, e viu, com horror, que eu me aproximava. Levantou-se e voltou a correr. Eu logo atrás. Camila, espere!

Eu estava quase nos calcanhares dela, Camila continuava fugindo em pânico. Os lobos me acompanhavam, quase a tocando também. Foi quando consegui agarrá-la, e viemos ao chão.

Ela gritava, e eu tentava dizer que estava tudo bem. Está tudo bem. Mas de minha garganta saíam apenas uivos, rosnados. Olhei para as minhas mãos, as minhas patas. Pelos se espalhavam pelo meu corpo. Eu era um dos lobos que perseguiam Camila. E agora estava em cima dela.

Acordei com batidas na janela. Na janela? Diabos, o que era aquilo. Acendi a luzinha no criado-mudo e fiquei na escuta.

Novas batidas. Então me levantei para verificar. Levei um susto, Camila espiava do lado de fora da janela. Eu dormira só de cueca, e estava com a barraca visivelmente armada. Constrangido, peguei um travesseiro, me cobri e abri o vidro.

– Como você subiu aí?

Camila riu.

– Te acordei?

Fiz um olhar de obviedade.

– Que horas são? – Olhei ao redor tentando encontrar o rádio-relógio.

– São três. Desculpe vir a esta hora. É que queria me desculpar pela cena no almoço hoje. Posso entrar?

Relutei um pouco. Aquilo era estranho, não tinha jeito de ela subir até minha janela, no segundo andar de casa. Mas abri o vidro, ela entrou, e eu sentei na cama com o travesseiro no colo.

– Bacana seu quarto.

– Hum, obrigado. – Não sei se ela falava sério. Meu quarto era uma zona. Pôsteres de filme de terror meio descolados na parede, discos e filmes empilhados por todos os cantos. Papéis de chocolate, revistas e HQs. Minha guitarra, cabos, amplificador, pedais. Dei uma olhada para ver se não havia nenhuma revista pornô à mostra.

– Queria me desculpar não só pelo almoço – continuou ela, sentando-se na cama ao meu lado –, mas também por ter deixado você de fora. Não ter ajudado você a se integrar na escola.

O que ela estava dizendo?

– Hum, eu acho que você me ajudou sim. Foi das primeiras pessoas a puxar papo comigo, sei lá... mesmo que isso tenha começado com uma crise de vômito. Hahahá.

Ela abaixou a cabeça, visivelmente envergonhada.

– Quero dizer... Ludo, aquela história, de que você não se encaixava na escola...

– Faz pouco tempo que eu entrei.

– Sim, faz pouco tempo que você entrou. E acho que podemos deixá-lo mais... integrado.

Ela olhou para a janela aberta, então Lupe apareceu, entrando no quarto.

– Epa! O que ele está fazendo aqui? – perguntei eu ficando de pé, finalmente podendo largar o travesseiro.

– Calma, calma, moleque, vim na paz – me disse o garoto de cabelos sujos e aquela mesma camiseta de sempre, dos *Toxic Avengers*.

– *Eye of Dambala*? – questionou ele vendo o disco em cima da minha escrivaninha. – Bacana. Meio gótico farofa, mas bacana.

– Camila, por que você trouxe este moleque aqui? Aliás, como vocês sabem que eu moro aqui? Como subiram na janela?

Lupe se aproximou com um sorriso.

– Sabemos tudo sobre você.

Camila assentiu.

– Sim, Ludo, estudamos tudo sobre sua vida. Sabemos por que você foi expulso do último colégio. Queremos que seja bem-vindo na nossa escola. Queremos que seja um de nós.

Aquilo estava sinistro. Os dois me olhavam com expressões serenas de complô. Afinal, o que queriam de mim?

– O que vocês querem de mim?

– Nada, nada, Ludo – continuou Camila –, apenas sua companhia.

– Sua amizade – acrescentou Lupe.

– Seu amor – disse ela.

– ...e sua alma – falou Lupe com um sorriso maligno.

– Minha alma?

Eu me sentei na cama novamente, apreensivo. Camila tocou minha coxa, e eu levei o travesseiro de volta ao colo.

– Ludo, você sabe o que nós somos, não sabe? Somos amaldiçoados, malditos, nossas almas foram vendidas para o demônio...

– Como é que é?

– Juventude eterna – disse Lupe. – E mais diversão do que qualquer adolescente poderia ter. Sem mais limites, obrigações, encheções de saco por parte de ninguém. Nós somos a nova geração, Ludo.

A nova geração da bizarrice, isso sim.

– Vocês não estão falando sério...

Camila se aproximou mais de mim.

– Sim, estamos, Ludo. E queremos que você se junte a nós. De corpo e alma. Venha fazer parte da turma das trevas.

OK, será que não era hora de eu gritar?

– Veja, Ludo. Veja que coisa linda Satã pode fazer por nós – Lupe disse. E imediatamente ele começou a se transformar. Sua arcada dentária se projetando. A sobrancelha grossa crescendo e pelos cobrindo todo seu rosto. As orelhas pontudas. Lupe rosnava e uivava. Estava se transformando num lobisomem!

OK, AGORA era hora de eu gritar.

Acordei num sobressalto. Com minha mãe me sacudindo.

– Ludo, levanta, é hora de ir pra escola.

Pffffffffff, mais um sonho. Estava tão legal. Voltei a cabeça no travesseiro. Queria ver em que monstro Camila ia se transformar.

– Ludo, não vou falar de novo... – insistia minha mãe. Eu continuei deitado.

– Ludo, levanta!

– Tá bom, tá bom – disse eu, me erguendo de bruços. Estava de barraca armada, para variar, e não ia sair da cama enquanto minha mãe estivesse lá. – Estou levantando, mãe, pode sair.

Ela foi para a porta.

– Desce para o café que eu quero conversar com você.

Ah, meu Deus. Conversar comigo. Lembrei-me da visita da mãe da Camila na noite anterior. Ia ter de ouvir sermão logo de manhã.

– A mãe de sua amiga Camila veio aqui ontem de noite – disse minha mãe na mesa do café. Estávamos só nós dois. Meu pai sempre acordava mais tarde, porque dava aula só no final da manhã, mega folgado.

– Hum, acabou a Nutella? – simulei desinteresse.

– Ludo... – minha mãe suspirou. – Você já teve muitos problemas por causa de meninas...

– Queria que eu tivesse problema por causa de homem? – ironizei.

– Queria que você não tivesse problemas – enfatizou ela. – Você sabe a dor de cabeça que tivemos no outro colégio...

– Mãe, a Camila é só minha amiga...

Ela me interrompeu estendendo a mão.

– Começa assim. Sei que vocês acabaram de se conhecer, Ludo, mas a mãe dela veio falar comigo ontem e...

– Ai, mãe, você está indo pelo que a mãe dela falou? Não tem nada a ver. Ela é que tem problemas.

– Oi? Ela tem problemas? Que tipo de problemas?

– Sei lá, é louca, esquizofrênica; ficou sacudindo a mesa ontem, falando que ia me matar, comer minhas tripas com molho. Depois eu é que sou má influência?

– Meu Deus, Ludo, não acho que seja uma boa amizade pra você.

– A mãe dela nem me conhece, a gente só almoçou, tipo, cinco minutos, antes de a Camila começar a derrubar tudo da mesa...

– Jesus! – Minha mãe estava realmente chocada. – Ludo, a mãe dela não veio falar mal de você.

– Como é que é?

– Foi o contrário. A mãe dela veio ontem aqui agradecer por seu apoio com a filha dela. Disse que a menina estava passando por uma fase difícil, e que achou que você era uma boa companhia, uma boa influência...

– Ah, tá... – disse eu, ficando vermelho. Eu como boa influência. Aquilo era novidade.

– Ela não queria que você ficasse assustado. Veio se desculpar. Eu não tinha entendido muito bem do que ela estava falando. Mas fiquei preocupada. E agora vejo que foi com razão. Uma esquizofrênica? Você não podia ter arrumado uma namorada mais... normal?

– Ela não é minha namorada!

– Que seja, é sua primeira amiga. Não tinha ninguém mais normal pra você conhecer?

– Não! – respondi irritado. – Não tem ninguém normal naquele colégio, você não percebeu?! É um colégio para superdotados... ou retardados... um colégio para freaks!

– De onde você tirou isso?

– Pffffff – Minhã mãe dava de uma de migué ou não sabia mesmo? – Incrível que você nem sabe em que tipo de colégio me botou.

Ela pareceu ponderar um pouco. É, ela não sabia de nada. Então tentou afastar a ideia.

– Ludo, você só está estranhando porque esse colégio é muito diferente do outro, tem essa proposta alternativa...

– Que seja, é você que está implicando com meus amigos.

Minha mãe suspirou.

– Certo. Só não arrume mais problemas, tá? Vamos ver como as coisas vão se arranjar neste primeiro semestre na escola. Daí a gente pensa.

Eu dei de ombros, com a boca cheia de cereal. Que merda que eu fiz também, acabei dedurando o surto da Camila, do qual minha mãe ainda não sabia nada.

16

Os dias na escola seguiram bizarros como sempre. Agora pelo menos eu tinha uma distração a mais, tentar descobrir qual era o distúrbio de cada aluno lá. Havia vários maníacos-depressivos, eu podia ver, jogados na mesa e dormindo a maior parte das aulas. Tinha a mesma medida de hiperativos, falando sem parar, saltando pela janela e espetando uns aos outros com o compasso. Uma porrada eu acho que era junkie mesmo, bando de drogados. Aquelas olheiras profundas, as feridas na pele. Eles não precisavam de uma escola especial, precisavam é de uma clínica de reabilitação.

Do Domi eu só podia suspeitar que... bem, não sei se é politicamente incorreto dizer isso, mas será que foi transferido para aquela escola só por ser gay? De repente os pais dele achavam que isso era um distúrbio igual a esquizofrenia, sei lá. Eu não quero ter preconceito, não tenho nenhum problema com isso, juro. Mas, sei lá, tinha acabado de entrar num colégio novo, não queria levar a fama...

Pelo menos parecia que agora o Domi tinha desencanado de mim. Andava para cima e para baixo com aquele Dante, com quem fazia o trabalho de biologia. Um garoto todo engomadinho, branquelo, cara de enjoado, sempre de óculos escuros, devia ter o mesmo distúrbio do Domi, hahahá.

Hum, e que distúrbio tinha eu? Sei que é megababaca eu ficar preocupado no que os outros vão pensar de mim, se sou gay, se sou CDF, mas me perguntava se os outros também tentavam localizar quais eram as minhas... peculiaridades. Ou eles viam mesmo que eu não me encaixava lá? Que eu não tinha nada de esquisito, de diferente, de especial? Afinal, não me chamavam de "nulidade"? O piercing que eu tinha no lábio, que no outro colégio era tão exótico, e que sempre fazia gente me olhar torto, nesse colégio novo parecia um detalhezinho mínimo, sem qualquer importância.

Essa é a merda de mudar para um colégio novo... Eu já tive meu período de loser. Já fui zoado na escola, quando era mais novo. Aquela coisa, por ser esquisito, por não saber jogar bola. Quando entrei no ensino médio, isso começou a mudar; nunca fui exatamente popular, mas pelo menos passei a ser... cool, sei lá. Principalmente depois de toda a história com a Carolina... E custou caro.

Agora eu voltava a ser um nada, nulidade. Ninguém dava muita bola para mim, difícil fazer amigos. Verdade que ninguém me aloprava – melhor assim. Mas até aí, eu já não sou mais o moleque tímido e fechado que eu era.

Então, num dos intervalos, eu estava sozinho. Camila havia faltado, Domi não falava mais comigo e eu não tinha muito o que fazer além de ouvir música e andar pelo pátio.

O colégio era grande, arborizado, e resolvi dar uma explorada. Estava um dia quente de sol e nenhum dos alunos parecia interessado em ficar ao ar livre. Eu fui seguindo por uma trilha de árvores, pássaros grasnando acima de mim, me sentindo um pouco melancólico e desanimado. Cheguei até um laguinho, me sentei na beirada e fui fazendo pedrinhas quicarem.

Olhava as pedrinhas, via os círculos que elas faziam e pensava como a nossa vida é assim, que pequenos fatos produzem ondas que se ampliam e espalham por anos e anos...

Hahá. Tá. Tô só falando bobagem e tentando ser literário. Eu tava mesmo pensando em sacanagem. E na Camila. Em sacanagem com a Camila. Aquele dia de calor dava vontade de fazer qualquer coisa, menos estudar. A escola deve ser mesmo um treino, uma preparação para a vida adulta em que a gente tem de ficar trancado num escritório de segunda a sexta, daí tem de aproveitar o fim de semana, faça chuva ou faça sol, e só pode se dar ao luxo de tirar trinta dias de férias num ano. Tipo, você só tem trinta dias para ser feliz? OK, OK, sei que o povo fala que quando você gosta do que faz o trabalho já traz felicidade, blá-blá-blá, mas não dá para ser feliz também sem fazer nada?

Enfim, eu estava lá, distraído com esses pensamentos de vagal, pensando em nada, pensando em sacanagem, tentando também não me distrair demais do sinal, porque logo tinha aula de novo, e só notei que havia um enorme tentáculo saindo da água para me pegar quando já estava quase no meu pé.

– Ei! – Puxei o pé correndo, assustado.

O tentáculo retornou à água, desaparecendo instantaneamente.

Que diabos era aquilo? Um polvo no lago da escola? E um polvo gigante a julgar pelo tamanho do tentáculo.

– É um Berremote – me disse uma voz atrás de mim.

Eu me virei e vi a professora Maura, de artes, sentada num banquinho, comendo um sanduíche.

– Berre o quê?

– Berremote – disse ela. – Está aí faz tempo. Certamente você já percebeu que esta escola está repleta de espécimes estranhos. Servido?

Ela me ofereceu o sanduíche. Eu balancei a cabeça agradecendo. Ela partiu um pedaço e jogou em direção ao lago. O tentáculo do Berra-sei-lá-das-quantas se projetou novamente para fora, catando o petisco e voltando à água.

– Vixemaria, isso é perigoso. E se puxasse algum aluno? Se me puxasse para dentro da água?

A professora Maura deu uma risada, que só podia ser confirmada pelo som, visto que seu rosto sem cabelos e sem sobrancelhas continuava sem expressão.

– O Berremote é que tem de tomar cuidado com a maioria dos garotos daqui. Seus colegas não são fáceis de engolir, te digo. E você, é uma nulidade?

Pffff, até a professora com essa?

– Sou o Ludo, só isso.

– Ludoval?

– Ludovique!

– Ah – disse ela aparentemente animada. – Como o compositor...

– Isso – eu concordei sem tirar os olhos do lago, receoso de que o Berremoto botasse seus tentáculos para fora.

– Bem, bem, Mozart, você está muito magrinho. Não quer mesmo um pedaço desse sanduíche? Ou quem sabe um pirulito? – E tirou um pirulito do bolso.

Crendiospaia, que velha maluca. Felizmente naquele instante o sinal tocou.

– Olha, preciso voltar à aula – fui me despedindo.

Quando eu já me virava para partir, a professora Maura me chamou.

– Liszt!

– Ludo – eu disse, me virando. Ela arremessou algo para mim. Eu peguei no ar, como o tentáculo do Berramento catando o pedaço de pão no lago. Era um medalhão.

– Fique com isto – disse ela. – Ande sempre com ele. Vai te dar sorte.

Era um medalhão legal, parecia antigo, uma dessas coisas tiradas de filme de bruxa. Eu balbuciei um agradecimento, e achei melhor cair logo fora dali.

Passei correndo pela trilha de árvores, os pássaros ainda grasnando sobre mim. E num rápido vislumbre vi que não eram passarinhos quaisquer, não. Eram corvos. E pareciam me alertar do perigo.

> "Eu não podia confiar em ninguém. Assistir a filmes de terror sempre foi divertido, mas participar de um não era nada bacana."

parte 2
ACAMPAMENTO SANGRENTO

1

O ônibus chacoalhava, abafava e... fedia. Crendiospaia, eu precisava perguntar pros meus pais quanto eles pagavam de mensalidade naquela escola. Não é possível que moleques de um colégio particular fedessem assim...

OK, OK, comentário preconceituoso, OK, OK. Fedor não tem nada a ver com classe social, e meus colegas estavam lá para provar. No ônibus, indo para o estudo do meio na ilha da Carcaça, eu começava a questionar se ia aguentar passar três dias lá com aqueles freaks.

Camila, sentada do meu lado, pegou na minha mão e deixou o ar instantaneamente mais fresco.

– Tudo bem, Ludo? Você está tão quietinho...

– Só estou com sono...

E era verdade. Acordar cedo para viajar era outra coisa que tirava todo meu ânimo. Bem, acordar cedo para qualquer coisa. E nisso parece que meus colegas eram iguais a mim; ao invés de um ônibus em polvorosa, com moleques jogando bolinhas de papel pela janela e xingando os pedestres na rua, estavam todos caídos pelas poltronas, dormindo, roncando e... fedendo.

– Esse povo não toma banho, não? – deixei minha irritação escapar para Camila.

Ela riu.

– Ai, Ludo. São moleques, né? Ninguém é tão arrumadinho que nem você.

Aquilo me irritou. Arrumadinho? Parecia que eu era megamauricinho, empoladinho. No meu colégio antigo eu era dos mais desleixados...

Camila percebeu minha irritação e tentou consertar.

– Quero dizer, você é estiloso, com esse piercing aí, é fashion. Esses moleques são mais largados. Eu prefiro o seu jeito. – E me deu um beijo.

Já fazia alguns dias que a gente estava se pegando. Agora não dava para fingir que a gente era só amigo. Mas também eu não conseguia me empolgar muito. A primeira vez que a gente se beijou foi traumático o suficiente para eu pensar três vezes antes de tentar de novo.

Foi num recreio da escola, eu meio perdido, como sempre, encontrei-a num canto comendo bolacha recheada de morango. Abria a bolacha no meio, lambia o recheio, mordia. Aquele cheiro artificial de morango e os farelos da bolacha deixavam tudo menos sensual do que deveria. Acho bolacha recheada meio nojento. Tá, tá, sei que vai me chamar de fresquinho – o que posso fazer? Fui mal acostumado. Além do mais, com os acessos de vômito da Camila, vê-la lambendo bolacha recheada não era lá muito inspirador. Tá, tá, sei que é meio bizarro eu ter certo nojo da minha própria namorada – mas não é essa mistura de atração, medo, repulsa e carinho que forma o amor? Ou tô falando besteira? Hahahá. Tá, tô falando besteira.

Então me sentei do lado dela no recreio, ela lambeu uma bolacha e me ofereceu. Balancei a cabeça.

– Valeu.

– Sonhei com você ontem – me disse ela.

– É? – Fiquei meio sem graça. E acabei dizendo o que não devia. – Também sonhei com você outro dia...

– Sério? O que você sonhou?

Ai, pamonha. E agora o que eu ia dizer a ela, que tive um sonho bizarro dela e do Lupe querendo me levar para o Inferno?

– Diz você primeiro: o que sonhou?

Camila riu.

– Não, diz você, perguntei primeiro...

– Mas você já começou contando...

– Está com vergonha de me dizer o que sonhou, Ludo?

Fiquei todo vermelho.

– Ah... nao, tipo, não foi nada de mais... A gente estava numa floresta...

Ela ficou me encarando, assentindo com a cabeça, encorajando:

– E..?

– E nada, tinha um... lobisomem atrás de você, e eu te salvava. Só isso.

Camila riu.

– Que fofo, Ludo!

Er... hum, "fofo". Me saí bem?

– E você, o que sonhou?

Ela então ficou mais séria.

– Ah, nada de mais também, foi só um sonho erótico.

Aquilo me deixou roxo de uma vez. Sonho erótico? Hahá. Com certeza ela não era nada, nada tímida.

Camila notou meu embaraço e completou.

– Ah, não fique com vergonha, as meninas amadurecem antes dos meninos, né? Seu sonho foi fofinho...

Fofinho, fofinho... Tá certo, eu tendo sonhos de terror com Camila e ela tendo sonhos eróticos comigo; pela primeira vez me perguntei se minha mãe não estava certa, se eu não estava vendo filme de terror demais. Mas tentei consertar.

– Ah, o sonho na floresta também tinha uma parte erótica...

– Hummm... – disse Camila meio sem acreditar. – Na floresta... que coisa selvagem...

– É – respondi sem graça.

Camila pegou na minha mão.

– Ludo, você não é virgem, é?

Essa agora!

– Claro que não!

– Respondeu rápido demais...

– Sim, respondi rápido porque não tive de pensar. Não sou virgem.

– Tudo bem – respondeu Camila com um sorriso, como se completasse mentalmente –, tudo bem se você for.

E eu não era mesmo. Mas falar sobre aquilo era outra coisa. Minha única namorada foi a Carolina, que com certeza não viria com um assunto daqueles. A desinibição de Camila me inibia.

Então resolvi encerrar aquela conversa com um beijo.

Camila correspondeu, nossos lábios se colaram e nossas línguas se enroscaram. Senti o gosto doce do recheio de morango, mas durou apenas alguns segundos, então senti Camila recuando com um espasmo, e já sabia o que estava por vir. Me esquivei.

Camila vomitou uma gosma rosa no pátio da escola.

– Ei, está tudo bem? – tentei confortá-la com a mão na sua nuca, mas ela guinchou para mim com uma voz rouca.

– Seu amuleto! Tira essa coisa daqui!

Olhei para o meu peito, para entender do que ela estava falando. O medalhão que a professora Maura me dera, que eu achei que ia ficar bacana como adereço, mostrei para a Camila para entender se era disso que ela falava e ela recuou mais ainda com um rosnado.

– Tire essa porcaria daqui! Tenho alergia!

Tirei do peito e coloquei no bolso.

– Foi mal... – mas ela já se afastava correndo.

É... não se pode dizer que não foi um primeiro beijo emocionante.

Agora, no ônibus, a gente trocava selinhos e só aumentava minha tensão. Eu queria mais, mas sempre com receio. Deixara o amuleto guardadinho na mochila, mas isso estava longe de ser uma garantia de que ela não ia vomitar, me atacar, surtar de uma maneira geral. Não é nada fácil namorar uma esquizofrênica. Felizmente meu braço não estava mais enfaixado. Ia ser um saco viajar com um braço fodido.

Lupe estava lá no ônibus também. Sentado logo atrás de mim. Entramos no ônibus e ele me olhou com aquela cara de lobisomem, olhos inchados de quem acabou de acordar.

– Vou ficar na sua cola, nulidade – ele me disse, mas não me intimidei. Sentei com Camila numa fileira e ele sentou logo atrás. Achei que ele ia me atazanar a viagem inteira, mas mal o ônibus começou a se mexer eu ouvi um rosnado alto. Lupe roncava profundamente no seu banco. Camila riu.

– Como você conseguiu namorar esse lorpa aí? – perguntei.

Camila deu de ombros.

– Ele também sabe bancar o cachorrinho perdido...

Fiquei meio enciumado. Olhei para trás e espiei de novo o moleque roncando. A mim parecia um cão sarnento. Camila puxou meu rosto.

– Mas claro que eu prefiro um gatinho que nem você.

E a viagem transcorreu sem maiores problemas. Logo o ônibus parava num terminal, aguardando um barco. Pegaríamos uma balsa para a ilha da Carcaça. O céu estava nublado, ventava muito e fazia frio – não me animava especialmente por estar no mar. Além disso, nunca fui muito de praia. Aquela areia toda, aquela água salgada... Ah, não é frescura, praia é uma coisa muito nojenta, vai?

De qualquer modo, não estávamos lá para tostar no sol e tomar banho de mar. O intuito, segundo nossos professores e a diretora Samantha, era aprender mais sobre as espécies locais, ver *in loco* as relações ecológicas, o equilíbrio da natureza. Isso com um bando de adolescentes desequilibrados me parecia um paradoxo.

Era só um fim de semana, eu dizia para mim mesmo,
era só um fim de semana. Mas, pegando uma cama no
fundo do chalé, eu pensava se conseguiria sobreviver naquele lugar, com aquele povo. Não havia pensado ainda
naquilo, mas se me incomodava e eu estranhava o povo
na sala de aula, no ônibus, como conseguiria dormir no
mesmo chalé?

Deixa de frescura, Ludovique, dizia a mim mesmo,
tentando me recompor. O que estava acontecendo? Eu estava ficando cada vez mais fresco, cada vez mais "sensível"; aqueles deveriam ser meus novos amigos, e eu não

tinha motivo real para implicar com nenhum deles... ou quase nenhum; apesar de federem, de me chamarem de nulidade, de torcerem meu braço...

Coloquei minhas coisas na cama e fiquei observando os outros. Ninguém parecia ligar para mim. Até que um menino todo engomadinho de outra classe me viu e se aproximou.

– Esta cama está ocupada? – apontou para a cama ao lado da minha.

Eu balancei a cabeça. Ele estendeu a mão.

– Joel.

– Ludo.

Ele foi abrindo a mochila e tirando escova de dente, pente, uma bíblia.

– Você é novo na escola, não é?

Eu assenti.

– Entrei este semestre.

– É uma nulidade? – me perguntou.

Pfffff, mais um...

Ele percebeu minha irritação e corrigiu.

– Desculpe. É assim que eles chamam. Mas, quero dizer, você é cristão? Aceita Jesus como salvador?

Ai, que sinuca. Tinha de escolher entre "nulidade" e "cristão?"

– Não tenho religião, não – disse eu.

– Ah... Então ele é que pareceu decepcionado. Mas me olhou melhor e acrescentou. – Mas você não é um desses garotos malditos...

Garoto maldito? Bem, eu costumava ser, no meu antigo colégio. Mas, comparado aos meus novos colegas, eu não era não. E Joel também não parecia ser. Todo arrumadinho, camisa social abotoada até o pescoço.

– Você é crente ou o quê? – perguntei meio de zombaria.

– Discípulo do Pai Luz – respondeu ele a sério.

– Ah... – "Discípulo do Pai Luz?" Cada nome que esse povo inventa...

Ele então remexeu alguns instantes na mochila, fez uma pequena pausa, e avançou. Sacou rapidamente uma cruz e bateu na minha testa.

– Ai! Cara, o que você tem na cabeça? – Pulei para trás e esfreguei a testa, mais de susto que de dor.

Ele me olhou uns instantes e guardou a cruz de volta.

– Desculpe, só queria confirmar. Você é mesmo uma nulidade.

– E você é um otário; que porra foi essa?

Ele olhou em volta, observou os meninos e se aproximou de mim, abaixando o tom de voz.

– Você ainda não percebeu?

Fiquei olhando para a cara dele para incentivá-lo a se explicar. Percebeu o quê? Como ele não se explicou, eu perguntei.

– Percebi o quê?

Ele olhou em volta novamente e cochichou para mim num tom de conspiração.

– Nossos colegas... são todos amaldiçoados.

Ai. Depois de fazer um amiguinho gay e arranjar uma namorada esquizofrênica, eu conhecia um maníaco religioso. Minhas relações naquele colégio iam mesmo muito bem.

– O Colégio Pentagrama é amaldiçoado. A única forma de se salvar é aceitando Jesus...

Tá bom. Eu já ouvira o bastante. Resolvi me levantar e dar uma volta. Joel me segurou.

– Acredite em mim, colega, aceite Jesus como salvador. Durma com um crucifixo embaixo do travesseiro e a bíblia no peito. Esses meninos todos estão possuídos por demônios.

Debaixo de uma chuva grossa e fria, eu e um pequeno grupo de alunos observávamos uma lesma rastejando enquanto a professora de biologia falava sobre as interações ecológicas, blá-blá-blá, blá-blá-blá. Não havíamos precisado andar muito para encontrar uma lesma, mas as três primeiras que encontramos um moleque do grupo pegou rapidamente e engoliu, provocando risadas nos outros e, preciso dizer, ânsia de vômito em mim. Quando chegamos a essa quarta, a professora alertou:

– Não quero ver você comendo outra lesma, Edgar, estou avisando... – Ele já se adiantava novamente quando um moleque de pele esverdeada, todo encapotado e de guarda-chuva, o segurou pelo braço.

– Não quero passar o dia todo nessa chuva, deixa essa lesma aí. – Os outros meninos assentiram, e ele se controlou.

Putzgrila, dava para acreditar mesmo que esses moleques estavam possuídos. Que nojo de brincadeira é essa, comer lesma? Tá, eu mesmo já comi escargot, meu pai preparou. Mas uma coisa é comer uma iguaria bem preparada, outra é pegar uma lesma viva rastejando na lama... Felizmente aquela lá o tal de Edgar deixou passar. E a professora pode então explicar sobre o bicho.

Enquanto escutávamos, vi a diretora Samantha se aproximando, de capa de chuva e galochas cor-de-rosa, um guarda-chuva enorme com orelhinhas do Mickey. Chegou com uns saltinhos e disse naquele tom demente.

– Gente! Vamos sair dessa chuva! Estamos reunindo todo mundo lá no chalé principal para comer guloseimas e contar histórias!

A professora olhou séria para ela.

– Estamos observando as relações ecológicas; não é por isso que trouxemos os meninos para cá?

A diretora Samantha deu de ombros de maneira teatral.

– Ah, mas com este tempo, né? Não quero ninguém resfriado. E o mais importante nesta viagem é que os meninos se conheçam melhor, façam amiguinhos, curtam a magia da juventude!

Pela cara da professora eu podia ver que ela achava a diretora tão retardada quanto eu achava, mas eu torcia mesmo é para que saíssemos daquela chuva.

– Então, gente, vamos, vamos, vamos? – insistia a diretora.

A professora suspirou.

– Já vamos. Deixe só eu terminar aqui. Vá na frente para não estragar sua chapinha.

Aquela expressão de tigre, que eu vira na sala dela com minha mãe, se fechou novamente no rosto da diretora.

– Eu não faço chapinha. Meus cabelos são lisos!

– Tá, progressiva, que seja... – disse a professora meio que para si mesma. Os moleques riam e eu mesmo tentava segurar a risada.

– O que você disse? – desafiou a diretora.

A professora desconversou.

– Olha, já vamos terminar aqui, não se preocupe. Levo todos para o chalé.

A diretora Samantha manteve os olhos ferozes mais uns instantes sobre a professora. E então partiu.

3

A chuva agora caía a cântaros e eu me perguntava se nossos chalezinhos iam suportar. Estamos no fim dos tempos, você sabe, todos esses terremotos, tsunamis e inundações, eu não achava difícil imaginar no jornal do dia seguinte: "Chuva provoca desabamentos e mata adolescentes na ilha da Carcaça".

Fomos reunidos diante de uma enorme lareira no chalé principal. Os moleques iam chegando aos poucos, dos diversos grupinhos que se espalharam pela ilha para observar as relações ambientais. Como não havia professores para todos, os grupos eram guiados por monitores, alunos mais velhos de outras turmas, que também fizeram a viagem. A mim não parecia lá uma ideia muito esperta. Olha só, essa não era uma escola para alunos com problemas? Então não acho que um retardado de uma turma à frente fosse exatamente um bom guia para retardados uma turma atrás – mas quem era eu para protestar?

Domi estava lá, todo aconchegadinho com o namoradinho dele, o Dante, cochichando e dando risadinhas. Bem, parece que ele estava conseguindo se enturmar, bacana. Eu estava mais interessado em saber onde estava Camila. Esperava por ela me secando na frente da lareira. Lupe também não estava lá, e eu me perguntava se os dois estavam juntos. Ciúmes? Nah, não eram ciúmes, porque eu me garanto – só não queria passar por corno manso...

Ao meu lado alguns meninos assavam espetinhos... Tudo bem acampamentoso e tal, né? Só que os espetinhos eram de gafanhotos, cigarras, escorpiões... Que nojo. Eu já estava me acostumando com aquelas bizarrices, de qualquer forma – eu não ia experimentar, eu não, mas já estava me acostumando com as bizarrices dos meus colegas, e essa até que não era das piores. Eu já havia ouvido falar mesmo que se come esse tipo de coisa na China, e um deles até que tinha os olhinhos puxados. Bem, se eles resolvessem fazer espetinho de rã eu até que comeria. Sério, rã se come. Meu pai mesmo já fez rã, é gostoso – tem meio gosto de frango...

Enquanto eu pensava nisso, a porta do chalé se abriu e Camila entrou com Lupe e outros colegas. Eles carregavam um bicho morto, que eu não conseguia identificar o que era. Eles se aproximaram e Camila sentou ao meu lado, me dando um selinho.

– E aí, tudo bem? – perguntou ela.

Eu assenti, meio emburrado. O que ela estava fazendo com aqueles moleques, com Lupe?

– O que estava fazendo com o Lupe? – perguntei.

Ela deu uma risadinha.

– Ciumento... – E não respondeu.

– Não sou cimento, eu me garanto... – respondi. Ela continuou rindo e não respondeu.

Lupe estava um pouco à frente, levantou o bicho morto – eca, acho que era uma enorme ratazana – e zombou dos meninos que faziam espetinho de inseto ao meu lado.

– Ora, ora, enquanto vocês estão aí assando baratinha, os caçadores aqui trouxeram algo que se pode realmente comer. Carne de cobaia!

– Cutia – eu disse emburrado. Ele podia se achar um grande caçador, mas era um baita de um ignorante. – Isso aí é cutia. Cobaia não é o nome de um bicho específico, é qualquer animal usado em experiências; pode ser um rato, um macaco... até uma pessoa. Mas enfim, esse aí é só um ratinho...

Lupe me lançou faíscas no olhar.

– Te perguntei alguma coisa, nulidade? Você entende alguma coisa de caça pra diferenciar cobaia de cutia?

– Cara, você entendeu o que eu disse? Ou quer que eu desenhe? Cutia pode ser uma cobaia, o que importa é para que é usada...

– Vou usar no espeto, otário, e você também vai acabar como carne de cobaia se não calar essa boca!

– Cutia – eu insisti em corrigir –, carne de cutia...

– Na verdade, o Lupe é quem está certo – pronunciou-se o Domi de repente. – Usa-se costumeiramente o termo "cobaia" como sinônimo de animal para experiências, mas veio desse animal aí, que é uma cobaia, ou porquinho-da-índia, não uma cutia.

Ouviu-se um uivo de escárnio de metade da sala. Lupe sugou os lábios num ruído alto.

– Chupa, nulidade.

Abaixei a cabeça, envergonhado, dizendo meio para mim mesmo:

– Grande merda, caçar um porquinho-da-índia; deve até ter tirado de uma gaiola...

Camila também ria de mim, mas fez carinho na minha nuca, tentando me consolar, como se eu fosse um pobre animalzinho, um porquinho-da-índia, cutia, cobaia ou sei lá.

Então a porta se abriu. Mais moleques chegaram. Atrás deles, o Zezinho do Caixote, aquele que torceu meu braço, carregando um... veado! Isso, o bicho. Carregava um enorme veado morto no ombro.

– Olha só o que a gente pegou! – anunciou ele.

Foi a vez de eu sugar os lábios zombando de Lupe.

– Iiiiiiiiiiiiii, chuuuuuuuuupa! – disse eu.

Já entrávamos pela madrugada. Alguns meninos haviam voltado para seus chalés, outros dormiam lá mesmo no chalé principal, outros tocavam violão num canto. Leôncio-Leonilson encarnava perfeitamente o Jim Morrison, cantando "Light My Fire". Na lareira, restos do veado queimavam e esturricavam, ninguém mais queria comer.

Confesso que eu provei um pedaço, até que estava bom. Carne de cervo é bem gostosa. E agora eu espantava o sono de mãos dadas com a Camila, conversando e imaginando o que poderíamos aprontar naquele fim de noite...

A diretora Samantha já havia se retirado fazia um tempo, assim como a professora Tati. Não havia nenhum adulto lá para nos vigiar, e ninguém parecia se importar.

– Bem, crianças, divirtam-se e não façam nada que eu não faria – disse a diretora, rindo, quando se retirou para seu quarto. *Nada que ela não faria... Bem, o que ela não faria?* Nossa diretora me parecia capaz de tudo, principalmente de sacanagem. Então beleza, isso nos deixava soltinhos para aprontar. A dúvida era mais do tipo "no seu chalé ou no meu?". Camila estava num dos chalés das meninas, e eu não poderia entrar lá, assim como não ousaria levá-la para o meu, com aquele bando de moleques despirocados. A chuva lá fora dificultava encontrar um cantinho qualquer em que poderíamos nos atracar, mas... sempre se pode dar um jeito.

Camila estava meiga e tranquila, sem nenhuma daquelas crises bisonhas dela, e eu pensava em fazer o convite, chamá-la para algum lugar mais reservado, quando o mala do meu colega carola, o Joel, veio empatar o namoro.

– Ludo, posso conversar com você?

Eu levantei a cabeça, suspirando.

– Agora tô meio ocupado, Joel.

Ele nos olhou por alguns segundos, então soltou a pérola:

– Salve-se enquanto é tempo, Ludo. Não sucumba às tentações do demônio.

Santa Escócia, agora essa. Ele continuou:

– Essa menina não é o que parece. Pode parecer uma boa pessoa, pode te seduzir com palavras doces e carícias, mas o Diabo se esconde dentro dela, pronto para te levar ao Inferno!

– Hum? – Eu troquei olhares com Camila, também me-gairritada com a intromissão. – Bem, acho que você está certo quanto ao Diabo... para mim ela não parece nada santinha – disse eu. Camila riu. Eu ri.

Foi a vez de Joel se irritar.

– Isso não é brincadeira! Sua vida depende disso, Ludo! Mais do que isso, a imortalidade de sua alma! Não se dei-xe sucumbir.

– Tá, tá, que seja. – Eu o dispensei com um aceno de mão. – Agora vá pregar essa ladainha para outro, OK?

Joel ficou lá parado, comprimindo os olhos para mim. Parecia pensar no que mais dizer. Então soltou:

– Ludo, o Caminho de Jesus pode ser tortuoso, sacrifi-cante, mas no final você encontrará...

– ...no final você encontrará encrenca se não calar essa boca – disse Camila na sua voz rouca e grave a que, in-felizmente devo confessar, eu já estava me acostumando. Joel não pensou duas vezes, tirou um vidrinho do bolso da camisa e começou a jogar o líquido sobre nós.

– Afaste-se demônio, ou queime com água benta! – gri-tava ele.

O que esse cara tinha na cabeça? Camila recuou para não ser molhada, então disparou um de seus vômitos ver-des, viscosos, direto no peito dele.

OK, com aquilo eu não ia me acostumar nunca.

O vômito durou quase um minuto. Camila tinha provado comigo pedaços do veado caçado pelos meninos, tudo bem, mas agora eu percebia que ela também tinha comido uma boa quantidade de insetos, aranhas, escorpiões. Alguns inclusive ainda se mexiam, prendendo-se à camisa de Joel e agitando suas perninhas.

Daí eu não aguentei o nojo e também vomitei.

Joel congelou, estupefato. Quando o jorro finalmente terminou, ele ofegou, gaguejou e descarregou:

– Filha de Satanás! Jesus voltará para banir da terra todos aqueles que pertencem apenas e tão somente às profundezas do Inferno. – E partiu correndo.

Apesar de toda a nojeira, Camila não parecia nada constrangida. Ela ria.

– Er... Camila, tudo bem?

Ela riu alto por mais alguns instantes. Então fez um esforço para se controlar e me abraçou.

– Só assim para a gente se livrar daquele mala, hein? – E tentou me dar um beijo.

Cara, eu tinha acabado de vê-la vomitando litros e litros das coisas mais nojentas, e eu mesmo tinha vomitado em resposta. Não era o momento mais tentador para a gente ficar de beijinhos, te digo. Eu a afastei.

– Olha, vou dar uma limpada lá no banheiro – disse eu. – Não quer vir também?

– Hum, safadinho... – Ela me olhava com malícia. Não tinha malícia alguma.

– Sem sacanagem, Camila. Só é melhor dar uma lavada no rosto, tomar uma água, não?

Ela então me lançou um aceno de desprezo.

– Eu estou bem.

Estava bem... OK, estava bem... Ela é quem sabe, mas eu é que não ia beijá-la depois disso.

– Bem, tá, já volto. – Eu me levantei em direção a um banheirinho que ficava lá atrás.

Na porta do banheiro, dois moleques fumavam. A chuva agora caía fina lá fora. Que tempo de merda escolheram para essa viagem. Tudo bem que não dá mesmo para confiar em previsão do tempo, mas a gente ia passar o fim de semana observando a natureza numa ilha debaixo de chuva? Bateu uma saudadinha de casa; queria estar no meu quarto esta hora, ouvindo música, jogando videogame, fazendo qualquer coisa ou não fazendo nada...

Debruçado na pia do banheiro, enxaguando o rosto e esfregando os respingos de vômito que acertaram minha camisa, eu pensava na Camila e pensava na minha mãe. No fundo, ela estava certa: não dava para eu ter escolhido uma namorada mais normal? Todo o charme, beleza e atrevimento dela estavam perdendo na balança para a bisonhice.

Enquanto eu me enxugava, ouvi os dois moleques lá fora conversando.

– Esse carola tá mesmo dando no saco.

– Não sei que ideia foi essa de trazer essas nulidades pra cá.

– A ideia era essa mesma, cara, da diretora Samantha. Trazer as nulidades para ver se elas se integram, se viram finalmente um de nós.

– Idiotice. As nulidades não mudam, por isso são nulidades.

Eu me aproximei da porta e fiquei de butuca ouvindo. Do que eles estavam falando, de nós? O "carola" só podia ser o Joel, sem dúvida. E as nulidades eram eu, ele, alguém mais? Segundo eles, o propósito da viagem era nos integrar ao resto da turma – beleza. Mas tinha algo de estranho naquela conversa.

– A diretora devia é expulsar essas nulidades de uma vez. Elas só trazem problemas, como os professores. Não viu o professor Cadu?

O outro menino riu.

– Hahá. Mas esse aí não vai mais encher o saco de ninguém. E eu tenho a impressão de que esse carolinha aí também não.

– Hahá. Do que está falando?

– Digamos que coloquei uma surpresa no xampu dele. Ele vai se tornar um monstro como nós, por bem ou por mal. Hahá.

Putz, que porra era aquela? O que estavam aprontando com o Joel? Colocaram alguma coisa no xampu dele – e do jeito que ele foi vomitado provavelmente ia tomar banho agora mesmo. Tudo bem que ele era um pentelho, e até merecia um trote. Mas algo me dizia que a coisa aí era bem mais grave. Tinha de avisá-lo.

Eu me espremi pela janela nos fundos do banheiro, para não passar pelos moleques na porta, e corri para o nosso chalé. A chuva transformava todo o caminho num lamaçal e não demorou para eu dar de cara no chão. Me levantei rapidamente. Precisava chegar ao Joel. Aqueles freaks estavam indo longe demais...

Eu só posso imaginar: enquanto eu chafurdava na lama, patinava nas pedras que levavam até nosso chalé, Joel tirava com nojo sua camisa toda vomitada. Segurava-a com a ponta dos dedos e a jogava direto no lixo, nem se preocuparia em tentar lavá-la – o vômito do demônio. Tirava o resto da roupa, enrolava-se na toalha e ia para o banheiro nos fundos do chalé.

Faltavam poucos metros. Avistei nosso chalé sobre um pequeno morrinho e gritei para Joel, tentando chamar a atenção dele antes mesmo de eu chegar lá – o som se propagando mais rápido que minhas pernas bambas. Mas dificilmente ele ouviria lá de dentro. Nesse momento ele abria a torneira do chuveiro, testava a temperatura da água. Levava alguns segundos para ela esquentar.

Subi o morro ofegante, todo fodido e lambuzado de lama. Cheguei à porta do chalé e entrei correndo, gritando. Os meninos que já estavam lá, dormindo, se levantaram assustados. "O que há de errado com essa nulidade?", deviam estar pensando. Joel já estava embaixo do chuveiro. Ouviu alguma coisa? Um grito. Alguém gritando seu nome. "Não me amole", disse baixo, mais para si mesmo. Então pegou o frasco de xampu, virou na mão e colocou rapidamente na cabeça.

Foi nesse momento que cheguei ao banheiro. Correndo, escorreguei novamente no chão molhado, mas me agarrei à maçaneta do boxe. Abri a porta. Joel estava lá, com o xampu começando a escorrer pelos cabelos.

– O que você quer agora...

Ele nem terminou de dizer a frase. O líquido que descia por sua cabeça começou a arder e a queimar, derretendo sua pele. Eu fiquei lá, caído no chão, vendo o moleque gritar com ácido na cara. Sua mão, onde ele havia virado o xampu, também ardia. E ele tentava se esfregar debaixo d'água, mas o ácido só se espalhava. Tentava abrir mais a torneira e aumentar o volume d'água, mas no desespero ligou toda a água quente e agora além de queimado pelo ácido ele era escaldado.

Atrás de mim apareceram alguns meninos que haviam acordado.

– Que vocês estão fazendo aí? Troca-troca? – me perguntou o moleque de pele esverdeada. Ao ver Joel se debatendo dentro do chuveiro ele começou a... rir, acredita? Outros moleques vinham e seguiram na risada. Ninguém ajudava. Joel berrava e esfregava o rosto desesperado.

– Opa, esse xampu deve mesmo arder nos olhos – disse um dos meninos. Os outros seguiram rindo.

Finalmente consegui me levantar. Peguei a toalha pendurada ao lado do boxe e saltei para dentro, enrolando Joel nela. Esfreguei seu rosto, e ele berrou ainda mais. Deixei-o enrolado e o puxei para fora.

– Vamos, vou te levar na enfermaria. Vamos, rápido.

Abri caminho entre os meninos que riam. Que povo sem noção. Joel gemia e tremia, e eu não tinha coragem nem de olhar para a cara dele. Saímos na chuva em direção ao chalé da diretora Samantha, porque eu não sabia ao certo onde ficava a enfermaria, nem mesmo se havia uma. Caminhamos naquele barro todo, eu o ajudando a caminhar, e logo escorregamos, vindo os dois ao chão. Joel pelado, todo queimado e fodido, enrolado naquela toalha, e agora sujo de lama. Eu me recompus e tentei ajudá-lo de novo a se levantar. Ele só gemia e tremia, estava em choque.

– Vamos, só mais um pouquinho, Joel – eu tentava encorajá-lo. Avistei o chalé da diretora e o conduzi para lá, com passos cuidadosos para não cair mais uma vez. Conseguimos chegar à porta e eu bati apressado.

– Diretora Samantha! Diretora Samantha! – gritei sobre a chuva pesada para acordá-la. Mesmo numa situação daquelas, ainda consegui imaginá-la de camisolinha transparente abrindo a porta... mas afastei logo a ideia. Bati mais forte e ouvi um ruído vindo lá de dentro.

Quando a porta se abriu... surpresa. Nenhuma diretora de camisolinha, mas uma dúzia de meninas sonolentas nos espiando intrigadas. Quem abria a porta era uma colega minha, aquela de longos cabelos pretos sempre cobrindo a cara, com uma camisolona branca. Me olhava só com um dos olhos, que saía pelos cabelos repartidos, com uma cara de irritação.

– Er, desculpe... me enganei de chalé – disse eu. Ela não respondeu nada. – Preciso encontrar a diretora Samantha; ele se queimou feio... – prossegui. Ela continuou me olhando com aquela cara de sapo sem mosca. Então a professora Tati apareceu detrás dela no quarto, esbaforida.

– Nossa Senhora, o que houve? Vamos, rápido, rápido, precisamos levá-lo à enfermaria. – E me ajudou a tirar Joel dali.

4

A chuva ainda caía fraca no dia seguinte quando tomávamos café da manhã cabisbaixos, em completo silêncio no refeitório. O caso com Joel e o iminente discurso da diretora deixaram todos deprimidos e respeitosos, nem pareciam os mesmos garotos de sempre.

Não...

Isso é o que eu gostaria de contar, mas a verdade é que os moleques estavam os aloprados de sempre, o refeitório estava uma zona e até o sol ameaçava sair lá fora. Eles comiam de boca aberta, arrotavam e faziam guerra de comida. A balbúrdia só não era maior porque muitos pareciam ter virado a noite, e caíam de sono no prato.

Eu também não havia dormido nada, claro. Não consegui. Depois de deixar Joel com a professora Tati na enfermaria, voltei para meu chalé e fiquei sentado na porta, sem saber muito o que fazer. Não tinha coragem de voltar para dormir lá dentro, não com colegas marginais que eram capazes de colocar ácido no frasco de xampu de uma pessoa. E ainda por cima riram disso. Era muito perverso. Eu que achava meus colegas uns freaks, vagais, molambentos, mas até que engraçados, agora repensava minhas impressões. Não sabia mais se queria fazer parte daquela turma, ser aceito, nem estudar naquela escola. Eu gostaria de pensar que foi atitude só de dois ou três, mas a verdade é que ninguém se sensibilizara com o sofrimento do coitado do Joel. Acharam graça.

Passei a noite pensando nisso. Primeiro na porta do chalé. Depois, quando o frio me venceu, caminhei para dentro, em direção à minha cama. Encontrei a cama de Joel ao lado, ainda com o crucifixo e a bíblia. Pus o crucifixo no pescoço e me deitei com a bíblia no peito.

Não conseguia dormir, me revirando na cama. Os meninos também entravam e saíam; não havia ninguém para mandá-los dormir. E, se não fosse uma corneta tocando estridente nos alto-falantes do acampamento, acho que ninguém teria acordado para o café na manhã seguinte.

Avistei Camila numa mesa com outras meninas e segui cabisbaixo. Eu me sentei e ela continuou comendo seu cereal, sem me cumprimentar.

– Oi, né? – disse eu.

Ela demorou um tempinho para responder, então disse:

– Agora decidiu falar comigo?

Eu não estava entendendo. Apenas dei de ombros.

– Você me deixou plantada ontem te esperando, Ludo, não lembra? Foi no banheiro se limpar e nunca mais voltou...

Ah, era verdade. Mas... que diabos, eu tinha ido limpar o vômito dela! E ela não sabia o que havia acontecido com o Joel?

– Não soube o que aconteceu com o Joel?

Ela fez uma cara de interrogação. Então contei toda a história. Ela não sabia. As meninas de seu chalé nem se interessaram em contar quando ela voltou mais tarde. Isso a fez pegar um pouco mais leve comigo, mas só um pouco.

– Você podia ter me contado, me procurado, não precisava ter esquecido de mim...

Pedi desculpas. Não queria passar por conflitos naquela manhã. E, antes que pudéssemos dizer qualquer outra coisa, a diretora Samantha entrou no refeitório, pegou um microfone e pediu a atenção da turma.

– Bom dia, turminha.

Ouviram-se uns gemidos dos alunos.

– Eu não ouvi direito – insistiu ela. – Bom dia, turminhaaaaaaaaaa!

Os gemidos foram só um pouco mais altos.

– Assim está melhor. Bem, vocês devem saber que um dos alunos ficou dodói, né? – Ela fez um beicinho e colocou os punhos embaixo dos olhos simulando choro.

(Ficou dodói? Não era bem assim que eu colocaria...) – Mas acidentes acontecem! Ele já foi embora e nós que somos jovens – nesse momento ela fez uma dancinha cantando "nós somos jovens, jovens, jovens" –, nós somos saudáveis e bonitos e teremos um lindo dia pela frente! – E ela continuou dando a programação do dia.

Que porra era aquela? Eu olhei ao redor, procurando, e avistei lá num canto os meninos que haviam colocado o ácido no xampu do Joel. Não ia acontecer nada com eles? A diretora não estava interessada em saber quem fizera aquilo? Não é possível que ela achasse mesmo que fora um acidente. Acidente com o quê? Joel não leu o rótulo do xampu que dizia "evite o contato com os olhos"?

Eu não queria dar uma de caguete mas não era certo deixar as coisas assim. Eu tinha de conversar com a diretora sobre aquilo. Resolvi pedir conselho a Camila.

– Ludo, deixe isso quieto. Eu te disse, esses moleques podem ser perigosos...

– Mas não é certo tratarem do caso do Joel como acidente!

– Por que não? – perguntou ela. – Castigar os culpados não vai fazer ele melhorar. Além do mais, ele provocou demais os meninos, com todo aquele papo de igreja...

Eu não podia acreditar no que estava ouvindo.

– Camila, Joel é um pentelho, eu sei. Mas isso não justifica jogar ácido na cara dele!

Ela abaixou a cabeça, envergonhada.

– É, desculpa, você está certo. Mas... Esses moleques são doentes, Ludo. Você não devia se meter nisso...

Eu ri de indignação.

– Com certeza são loucos. E precisam de um manicômio, não de um colégio.

Enquanto eu refletia, avistei Domi algumas mesas à frente, com seu amigo Dante. Ele ria e parecia bem mais integrado que eu. Enfim, ele não era uma nulidade. Melhor assim. Mas eu que não queria me integrar àquilo. Estava decidido. Quando voltasse, pediria aos meus pais para sair daquele colégio. Será que eles aceitariam? Bem, minha mãe já não estava lá com uma visão muito positiva da escola, e quando eu contasse sobre o incidente com o Joel certamente ela me tiraria, talvez até chamasse a polícia. Mas eu iria para onde? Qual seria o terceiro colégio que me aceitaria num ano?

Terminado o café da manhã, me aproximei da diretora Samantha.

– Posso falar com a senhora um minuto?

– A Senhora está no céu, graças a Deus! – Ela riu.

– Er... Certo, posso falar com você?

A diretora Samantha dava tchauzinho para os alunos que deixavam o refeitório.

– Claro, claro, o que você quer, boneco?

– É sobre o Joel... Colocaram ácido no xampu dele...

– Eu sei, eu sei, que peraltice, né? – Ela continuava se despedindo, sem me dar muita atenção.

– Peraltice? Ele podia ter morrido. E as cicatrizes que vão ficar...

A diretora Samantha se virou e agarrou o meu queixo.

– Sorte que não foi com você, né? Ufa! Imagina estragar esse seu rostinho lindo!

Fiquei sem fala. Não podia acreditar naquilo. Felizmente a professora Tati se aproximou.

– Dona Samantha, o que foi aquilo?

– Aquilo o quê? Está perguntando do bolo do café? Era cenoura com laranja. Delícia, né?

A professora bufou, irritada.

– Estou falando do aluno que foi atacado ontem. Como ele está?

A diretora balançou a mão como se não fosse importante.

– Ah, está bem, sei lá, já mandei para casa, não se preocupe.

– Aquilo foi grave, diretora – insistiu a professora. – Você precisa descobrir quem fez isso e expulsar esses alunos.

– Claro, claro, eu estava pensando em fazer isso...

– Aliás, devíamos encerrar esta viagem, em vista do que aconteceu – disse sensatamente a professora. – Uma criança se feriu gravemente.

A diretora franziu a testa.

– Criança? Ele não é mais criança, vai? Já tem pelinho embaixo do braço... – Ela riu.

O rosto da professora Tati se fechou, como o meu. Era bom saber que eu não era o único a achar tudo aquilo uma insanidade.

– Dona Samantha, a senhora acha isso engraçado? – a professora mantinha-se inflexível. Enfim, alguém com um mínimo de bom-senso.

– Professora – disse a diretora, séria –, não há mais nada a fazer quanto àquele moleque. Vamos aproveitar o dia e parar de chororô.

A professora explodiu indignada.

– Não, não vamos aproveitar nada. Vamos arrumar as malas e voltar hoje mesmo, ou isso aqui vai virar caso de polícia!

Uhhhhh! Chupa! Muito bem! Exatamente o que eu achava.

Mas a diretora lançou aquele olhar de tigre para a professora.

– Muito bem, se quer assim. Poderia avisar o motorista, que está no último chalé, perto do bosque, para ele se preparar para partirmos?

– Com certeza.

– Já reúno os alunos e explico a situação. Só vou dar um pulo no meu chalé para escovar os dentes, pode ser? E passar fio dental. É muito importante escovar os dentes depois da refeição, viu? – disse ela, sacudindo o dedo para mim. E saiu.

A professora permaneceu parada, olhando a diretora sair do refeitório, com um olhar abismado. Eu queria conversar com ela sobre aquilo, ela teria bom-senso para me aconselhar. Queria conversar sobre aquela escola em geral, minhas chances de sobrevivência lá. Ela captou meu olhar e retrucou:

– Você não tem nada a ver com isso, né?

– Eu? Com o quê?

– O ácido na cara do menino, foi você?

– Não, claro não! Eu fui o único que ajudei, né? Eu jamais...

Ela estendeu a mão, para que eu poupasse as explicações.

– Tudo bem. Mas vamos ter de contar direitinho essa história para os pais dele, e provavelmente para a polícia. Essa diretora não bate bem da cabeça.

– É, eu reparei.

E saí do refeitório, em direção ao meu chalé. Iria arrumar minhas coisas, porque logo a gente sairia dali. Agora eu tinha alguém com quem contar.

5

O sol logo fraquejou. As nuvens se concentraram novamente e formaram um teto cinza pesado que em breve voltaria a despencar sobre nós. Ouviam-se trovões ao longe. Depois uns trovões mais perto. O vento agitava as árvores e me dava a sensação de que algo muito ruim estava por vir. Mas era só uma tempestade terrível, não era?

Estávamos todos reunidos de volta no chalé principal. A diretora pediu que fôssemos até lá para fazer um pronunciamento. Iríamos embora, era isso. Então por que ela não andava logo com a coisa? Nós esperávamos enquanto ela não chegava, eu ouvia os trovões e pensava que talvez a chuva caísse tão forte que seria impossível sair dali. Quem sabe não derrubaria algumas árvores, barrancos, bloquearia a estrada e seríamos obrigados a passar vários dias naquele acampamento, até sermos resgatados? Eu já vira filmes de terror demais para saber que era bem assim que as coisas funcionavam. Quando os mocinhos resolvem escapar, o carro quebra, cai uma ponte, uma árvore, algo acontece para eles não saírem dali. Mas... quem eram os mocinhos? Aparentemente, só eu.

Fiquei pensando nas minhas chances de sobrevivência. Se eu era o único mocinho, eu é que escaparia... Bem, não necessariamente. Essa coisa de o mocinho sobreviver é regra nos filmes de ação, de aventura, não nos de terror. Nos filmes de terror, o mocinho pode sobreviver para ser morto na cena final, num desfecho surpresa. Aliás, nos filmes de terror, o mocinho nunca tem tanta importância. Ele pode ser morto porque não precisa voltar na continuação, quem precisa voltar na continuação é o vilão. E quem era o vilão que voltaria? Bem, tinha os moleques que colocaram ácido no xampu do Joel, mas eu nem sabia o nome deles e eles não pareciam ser os mais importantes nessa história. Tinha o Lupe, que afinal de contas era meu rival e parecia bem capaz de cometer uma atrocidade desse tipo. E tinha a diretora Samantha... Essa sim, parecia ser a grande vilã da história, que comandava todos os monstrinhos. Pois é, ela é que voltaria na continuação.

Chequei meu celular. Fora de área. Não tinha mesmo como escapar, pedir ajuda. Eu só podia contar com a diretora para sair dali.

Falando na diaba, ela entrou no chalé e pediu atenção. Vamos logo embora daqui. A chuva ainda não caía, mas o ar parecia cada vez mais denso. Vamos logo, ela não podia estar esperando que a ponte caísse.

— Galerinha, tenho boas notícias, acho que vocês vão gostar...

Uh? Boas notícias? Aquilo não estava parecendo um aviso para irmos embora...

— A professora Tati teve uma emergência em casa e precisou ir embora. E, como vocês estão vendo, está prestes a cair mais uma tempestade daquelas. Então vamos ter de deixar de lado essa coisa de estudo do meio.

Beleza. Vamos embora. Não sei por que a professora Tati foi na frente, mas beleza.

— Vamos então apenas aproveitar o fim de semana. Curtir a valer! Afinal, essa viagem também é para fortalecer as amizades! Os gatinhos conhecerem as gatinhas! Vamos viver a magia da juventude!

Quê?

Os alunos começaram a debandar e eu fiquei paralisado, sem entender nada. Camila sentou-se ao meu lado e pegou na minha mão.

— Parece que vamos ter o dia todo só para nós.

Eu não conseguia responder. Algo estava muito errado.

— Não está feliz, Ludo?

Eu continuava pensando, boquiaberto.

— Ludo, não ficou feliz? – insistiu ela.

— Não! Não fiquei feliz – explodi. – Derreteram a cara de um moleque com ácido, Camila. A professora desapareceu estranhamente. E agora a diretora diz para apenas nos divertirmos, viver a magia da juventude. Que marmota é essa?

– Ai, Ludo, não seja CDF, não vai me dizer que preferia estudar...

Eu abri as mãos em indignação.

– Preferia um mínimo de ordem aqui! Não é pra isso que meus pais estão pagando a escola!

– Affff – fez Camila. – Você está se mostrando mesmo um fresquinho. Bem que o Lupe falou...

– Lupe falou o quê? Vai ficar do lado dele agora?

– O Lupe pelo menos sabe me divertir.

– Então fique com ele! – Eu me levantei. Aquilo era demais. Eu estava percebendo que Camila não era apenas esquizofrênica, era perversa e egoísta como os outros alunos. Ela não se sensibilizara com o sofrimento de Joel?

Saindo para a porta do chalé, dei com Lupe.

– Que foi, nulidade, que pressa é essa? Está com medo de acabar que nem seu amiguinho carola?

Eu apenas o empurrei de lado, nem me preocupei em responder. Eu queria era sair dali, ficar sozinho. Aquela viagem estava dando errado pra cacete.

Encontrei a diretora Samantha do lado de fora do chalé, chupando um pirulito.

– E aí, boy magia, que cara feia é essa?

– Onde está a professora? Por que a gente não vai mais embora?

– Ahhhhhh – Ela fez uma carinha triste, tirando sarro de mim. – Não vai me dizer que está com saudades de casa, saudades da mamãe, né? – Ela tirou o pirulito da boca e ofereceu para mim.

– Quer uma chupadinha?

– Vou te dizer onde você enfia esse pirulito...

E saí andando dali. Dizer uma coisa dessas para uma diretora seria com certeza motivo de expulsão, num colégio normal, mas eu estava pouco me importando. Queria mesmo sair logo dali. Aquela mulher não batia bem da cabeça. E nenhum dos alunos. Ao que parecia, eu estava preso num manicômio com doentes mentais dos mais perigosos.

Enquanto eu caminhava sem rumo, comecei a pensar no que Joel havia dito, no que Camila havia dito, em tudo o que acontecera naquela escola. "O Colégio Pentagrama é amaldiçoado, esses meninos estão possuídos por demônios", Joel dissera. Se fosse no sentido figurado, com certeza ele estava certo. Mas... e se eu pudesse acreditar literalmente naquilo? Vamos lá, eu já assisti a filmes de terror demais para reconhecer meninos que fugiam do sol, meninos comendo coisas estranhas, Camila girando o pescoço e vomitando uma gosma verde... Diabos! E aquela caveira na sala do psicólogo, o Dr. Yorick? Parecia mais idiotice não aceitar que aquele era um colégio para monstros.

Mas claro que não podia ser, aquilo tudo não existia na vida real. Por mais que tudo se encaixasse, demônios simplesmente não existiam. Eu fui criado sem religião, não tinha nem certeza se Deus existia, como poderia acreditar em demônios?

Tudo bem, demônios não existem, aparentemente. Mas o que custava eu agir um pouco como se existissem, só por precaução? "Durma com um crucifixo no peito, e a bíblia embaixo do travesseiro", me disse Joel. (Ou foi o contrário?) Isso era algo que não custava nada eu fazer. Lembrei-me também do medalhão. O amuleto que a professora Maura me dera, que provocava alergia em Camila. E se fosse mais do que isso? Se fosse uma proteção contra os demônios? Agora era hora de tirá-lo da mochila e ver se funcionava. Se aquele era mesmo um colégio de demônios, não sei se um crucifixozinho vagabundo de plástico iria me salvar...

6

A chuva caía de novo pesadamente sobre a ilha da Carcaça. Eu vagava meio sem rumo, agarrado ao medalhão, tentando entender o que estava acontecendo. Já havia feito o teste, estendi o medalhão para cada colega que encontrei pelo caminho, e todos recuaram me xingando. Não era possível que aquele troço incomodasse tanto assim, nem que tanta gente fosse alérgica àquilo. Tinha alguma coisa errada aí. Mas também não era possível que meus colegas todos estivessem realmente possuídos... Era?

Bem, se fosse o caso, eu estava protegido, em termos. Eu estava com o medalhão, poderia levá-lo até para o banho, e não ia me arriscar lavando os cabelos com xampu... No dia seguinte iríamos embora, e era só aguentar mais uma noite que eu não precisaria nunca mais ver aqueles garotos malditos. Será?

Tinha mais uma cisma que eu queria tirar. Se meus colegas estavam possuídos, e eram repelidos pelo amuleto da professora Maura, o que dizer da diretora Samantha? Talvez ela fosse o próprio Diabo. Eu precisava verificar se o medalhão também agia contra ela. Ah, bem que a professora Maura poderia ter vindo com a gente...

Seguia para o chalé da diretora quando no meio do caminho encontrei o Domi, correndo para se abrigar da chuva.

– Domi! Preciso falar com você...

Ele parou e me olhou emburrado.

– O que foi? Estou indo pro chalé principal.

Eu pensei um segundo e encostei o medalhão na testa dele.

– Cara, o que você tá fazendo? – ele me disse, sem recuar.

Eu puxei o amuleto de volta.

– Er... nada, só queria te mostrar esse medalhão...

– Precisa enfiar na minha cara assim?

– Desculpa. Olha, tem alguma coisa muito estranha acontecendo e...

Domi me interrompeu.

– Ludo, a gente não tem mais nada para conversar. Eu achei que você era diferente desses meninos, mas...

– Mas eu sou! Eu sou diferente! E você também, né?

Ele me olhou com certo brilho no olhar.

– Hum, é? O que está tentando me dizer?

Ai, não. A gente ia voltar àquele papo gay. Não era isso, não era isso.

– Não, não é isso que você está pensando, Domi...

– O que você quer com meu namorado? – Eu ouvi atrás de mim. Me virei e lá estava Dante. Com uma longa capa de chuva preta, ainda de óculos escuros.

– Er... seu namorado? Nada, nada, cara... – balbuciei sem graça. Essa agora.

Dante caminhou até Domi e segurou a mão dele.

– O Domi não tem mais nada pra falar com você.

Vi um sorrisinho de orgulho no rosto do Domi. Ele devia estar adorando o fato de dois caras estarem brigando por ele. Brigando por ele? Não, não, eu só queria avisá-lo, só queria avisá-lo. Se ele não se incomodava com o medalhão, era como eu. Quero dizer, não como eu, mas não estava possuído, essa era a questão.

Então levantei o medalhão novamente, estendendo para o rosto de Dante. Ele recuou com um gritinho agudo.

– Aiiiiiii! Tira essa coisa daqui! – Confirmadíssimo: demônio e boiola.

– Tenho alergia! – gritou ele em seguida, para se justificar. Sei, sei...

Domi se indignou.

– Ludo, me deixa em paz, tá? Para de empatar minha vida.

– Preciso conversar com você, cara, é um assunto sério! – eu precisava avisá-lo.

– O Dante já disse: eu não tenho nada para falar com você. – E saiu de mãos dadas com o namorado.

Parado na porta do chalé da diretora Samantha, eu pensava se deveria bater. A luz estava acesa, ela devia estar lá dentro, mas o que eu tinha a dizer a ela? Eu ia apenas esperar que ela abrisse a porta e enfiar o medalhão na testa dela? Se ela fosse mesmo o diabo de silicone, o que eu poderia fazer em seguida? Não era melhor eu dar uma de migué, ficar quietinho e não revelar que já sabia de tudo? Não era a única forma de eu permanecer vivo?

O que eu estava pensando? Não era possível que eu levasse a sério essa coisa de possessão demoníaca e complô diabólico, mas... Eu não precisava levar a sério essa coisa de possessão demoníaca; meu colégio já se mostrava diabólico o suficiente sem precisar de nenhuma explicação sobrenatural. Eles derreteram a cara de um colega meu, e ninguém deu a mínima. Isso já era motivo o suficiente para eu cair fora dali.

Eu precisava cair fora dali. Mas estava numa ilha, não dava simplesmente para chamar um táxi ou pedir carona. Cheguei novamente meu celular: sem área. Não dava nem para ligar para a polícia ou chamar meus pais. Era esperar que a diretora quisesse nos levar de volta, e torcer para que voltássemos inteiros. Então guardei o amuleto dentro da camiseta e resolvi dar uma espiada.

Contornei o chalé e encontrei uma janela. Quando espiei com cuidado, quase caí para trás. A diretora Samantha estava lá sim, e só de calcinha e sutiã, sutiã GG, passando creme no corpo.

Eu não tinha dúvidas de que era daquilo que o Diabo gosta...

A diretora tinha um corpo perfeito, pele lisinha, branquinha, bunda empinada... Delícia. Nenhuma celulite, nenhuma estria, nem verruga de bruxa, escama de jacaré, rabo pontudo. Tinha o corpo mais perfeito que eu já vi, parecia ter sido photoshopada por Deus, ou melhor, pelo capeta. Ela esfregava aquele creme nas pernas, massageando, e eu pensava em jogar chantilly e lamber. Como podia existir uma mulher assim no mundo real?

Ela levou as mãos no fecho nas costas para tirar o sutiã. Beleza! Eu me abaixava na janela, tentando não dar bandeira, mas não podia deixar de ver. Ela abriu o fecho e...

Batidas na porta. Ela segurou o sutiã sobre os seios. Diabos!

– Quem é?

– É a Camila, do segundo W.

Putz! A Camila? Minha empolgação despencou na hora. Mesmo que ninguém tivesse me visto espiando naquela janela, me senti flagrado por minha namorada, espiando a diretora. Mas o que ela queria por lá? Continuei a espiar.

– Ah, você. Um momento. – A diretora pegou um roupão de seda, se vestiu e caminhou até a porta. – O que quer?

O tom da diretora era bem mais rígido e antipático do que seria comigo, isso era certo. Nada de oferecer pirulito, chamar de "gatcheenha", dar pulinhos. Ficava evidente que a diretora era muito mais carinhosa com os alunos do sexo masculino...

– Queria falar sobre o Ludo – disse Camila, entrando no chalé. (Como é que é? Falar sobre mim? Só faltava essa.) – Ele não está conseguindo se adaptar. Eu tenho medo do que os outros alunos podem fazer com ele...

A diretora bufou.

– Pois você devia ter se esforçado mais para fazer dele um de nós. Quando eu pedi para você se aproximar dele, era para facilitar as coisas.

Opa, ouvi bem? Quando ela pediu para Camila se aproximar de mim? Então nossa relação foi desde o começo encomendada pela diretora?

– Eu sei, eu sei – respondeu Camila. – Mas leva um tempo para um aluno novo se adaptar...

A diretora pôs as mãos na cintura, irritada.

– Acha que eu não sei, minha filha? Sou diretora dessa escola há mais de quarenta anos. Esse Ludovique está longe de ser a primeira nulidade que eu encontro. Aliás, parece que cada vez surgem mais desses aí.

Que papo era aquele. A diretora me chamando de nulidade e... Como seria possível que estivesse na escola há mais de quarenta anos? Ela aparentava não ter nem trinta!

– Mas, pelo que aconteceu com o Joel, eu fiquei com medo de que...

A diretora a interrompeu.

– O que aconteceu com o Joel foi uma tolice, já dei um puxão de orelha nos alunos que fizeram isso. Mas agora vou ter de acelerar as coisas com o Ludo. Como você foi incompetente, deixei que o Lupe cuidasse do assunto, ele que se ofereceu, aliás.

Camila se exasperou.

– Não! O Lupe, não! Ele vai acabar com o Ludo! Olha, o Ludo é meio burrinho, ele não desconfia de nada e...

Meio burrinho? Aquilo era demais. Ela ia ver só. Eu ia arrumar um caminhão-pipa com água benta e derreter aquele colégio todo.

A diretora levantou a mão e interrompeu Camila.

– Não posso correr o risco de ter mais nulidades no colégio. Ou ele se torna um de nós na marra ou vai pro saco.

Crendiospaia, o que estavam planejando para mim? Eu dei um passo para trás, apavorado. Então senti um dedo ossudo me cutucando no ombro.

– Quer comprar um pica-pau?

Eu me virei com um grito. Era ele. Com suas sobrancelhas juntas, seus cabelos loiros encaracolados pingando da chuva, e sua camiseta dos *Toxic Avengers* encharcada.

– Consigo farejar sua catinga a quilômetros – ele me disse, com um sorriso maldoso.

Imediatamente eu estendi o medalhão. Lupe recuou com um grito.

– Caralho! Tira essa porcaria daqui!

Aproveitei o momento para sair correndo. Ouvi a porta do chalé se abrindo atrás de mim. A voz de Camila gritando.

– Ludo! Ludo!

7

Já estava escuro, a chuva não dava sinais de parar e eu me encontrava molhado, sujo de lama, perdido e fodido, escondido numa cocheira abandonada. Eu me agarrava com força ao medalhão, a única coisa que me dava um pouco de segurança, e tremia de frio e de medo, sem saber o que fazer e sem ter como voltar para casa. Estava numa ilha, não tinha como sair de lá sozinho. Eu não podia confiar em ninguém, nem em Camila. Como pude ser traído assim? Assistir a filmes de terror sempre foi divertido, mas participar de um não era nada bacana.

Enquanto eu pensava no que fazer, abrigado na cocheira, comecei a ouvir gritos, gritos pedindo socorro. Parecia ser de Domi... Claro! Ele também era uma nulidade, o medalhão não surtira efeito sobre ele. Aquele moleque, o Dante, devia estar mancomunado com a diretora, assim como a Camila.

– Fazer dele um de nós – disseram elas. O que pretendiam fazer, nos transformar em demônios? Afinal, o que ganhavam com isso? Qual era o plano diabólico que rolava naquela escola?

Os gritos de Domi estavam mais próximos e eu resolvi dar uma olhada. Tinha de fazer aquele moleque ficar quieto; ele não percebia que ninguém lá iria ajudá-lo? Os gritos só iam atrair os demônios até ele. Saí da cocheira, dei alguns passos e vi Domi correndo logo à frente.

– Psiu, Domi, Domi, venha cá!

Ele me viu e correu na minha direção.

– Ludo! Ludo! Me ajude, por favor!

– Pssssssiu! Cara, fique quieto! Eles vão te ouvir.

Ele veio até mim e caiu no chão. Estava pálido, sem fôlego, sangue escorria de seu pescoço. Eu o ajudei a se levantar e o levei para a cocheira. Ele se desculpava:

– Desculpe, Ludo, desculpe. Eu devia ter acreditado em você.

– Devia mesmo! – disse eu, sem poder evitar de fazer pirraça. – Tomou bonito, hein? O que houve?

– O Dante, ele é... Ele... Ele me mordeu!

– Deixa eu ver isso aí.

Olhei no pescoço dele, duas marcas fundas de caninos. Um vampiro? Parecia que cada moleque da escola era um monstro diferente.

– O que é isso, Ludo? Que loucura é essa? Você precisava ter visto a cara dele, os dentes, o olhar... A gente tem de avisar a diretora.

Eu balancei a cabeça.

– Domi, não adianta, não percebe? A diretora é que está por trás disso. Não é só o Dante, é a escola toda, ou a maior parte dela.

– Isso não pode ser verdade...

Não podia, mas era. Domi havia sido traído por Dante assim como eu fora traído por Camila. E todos estavam a serviço da diretora. O que ela pretendia? Ela também era uma vampira, uma pombajira? Domi trazia à tona perguntas para as quais eu ainda não tinha a resposta.

– São todos como ele, Ludo? São todos vampiros? – ele me perguntou.

– Nah, nah, nem todos. – Ouvimos de uma voz atrás de nós. Eu me virei, Lupe estava lá. – Alguns são zumbis, tem até uns sacis-pererês. Eu sou lobisomem!

Lupe sorria, nos encurralando no fundo da cocheira.

– O que você quer da gente? – disse eu levantando o medalhão.

Lupe deu de ombros.

– Em geral a transformação acontece naturalmente, sabe? É só o aluno ficar uns tempos no colégio que ele já começa a se transformar num dos nossos. Mas tem umas nulidades, como você, que não se transformam nunca, sabe-se lá por quê... Daí a gente tem de dar uma mãozinha.

O rosto dele estava mudando, os olhos escurecendo, os dentes crescendo. Percebia que suas mãos ficavam mais peludas, com os dedos virando garras.

– Você vai me transformar num lobisomem?

Lupe balançou a cabeça.

– Nah, isso foi o que diretora pediu que eu fizesse. Mas nunca fui com a sua cara, e não vou deixar você continuar paquerando minha mina. Acho que vou dar cabo de você de uma vez e dizer pra ela que não teve jeito, né? Sei lá, que preferiu se suicidar? Que acabou caindo de um penhasco e morreu; é só jogar seu corpo lá...

A transformação continuava, o focinho foi se projetando.

– Mas não é lua cheia! – protestei. – Essas não são as regras!

– Tsc, tsc – Lupe estalou a língua que ia pendendo para fora como um cão babão. – Que mané regras, moleque? Você viu muito filme de terror. Claro que a lua cheia facilita a transformação, mas na falta dela é só a gente tomar um bom energético, fazer uma forcinha que a coisa vai! – Dizendo isso, ele virou uma latinha de energético na goela.

Eu levantei mais alto o medalhão.

– Não se aproxime! Não toque em mim ou eu te queimo com isso!

Lupe deu de ombros novamente.

– Tudo bem, não preciso te tocar. – Ele pegou uma enxada ao lado da porta. – É só eu dar com isso na sua cabeça. – Então a transformação se interrompeu, a boca se reencaixou no lugar e ele voltou a parecer um moleque encardido, agora empunhando uma enxada.

Eu só tinha um medalhão para me proteger. Que beleza.

– Olha, eu não tenho nada com isso – disse Domi. – Eu não tenho nada a ver com a sua mina. Eu nem gosto de mulher...

Putz, corrigindo, eu tinha um medalhão e um amigo gay que tentava livrar a dele. Que maravilha.

– Bom, Do-mi-ni-que, pra falar a verdade – continuou Lupe –, acho que a última coisa de que a gente precisa é de mais vampiro veado neste mundo. – E ergueu a enxada na nossa direção.

Então, subitamente, despencou no chão.

Atrás dele, aparecia Camila com uma pá de lixo. Havia acertado a nuca daquele cachorro sarnento.

– Ludo, que alívio que está tudo bem com você.

Eu dei alguns passos em frente, com Domi atrás de mim, medalhão estendido.

– Para trás, não se aproxime de mim.

Camila abaixou a cabeça, magoada.

– Ludo, eu jamais quis te fazer mal. Não entende? Olha, eu te salvei do Lupe...

– Não interessa, para trás! – Eu avançava com o medalhão, fazendo-a recuar e dando espaço para sairmos da cocheira. Era meio humilhante ter sido salvo por Camila, mas eu fora salvo, agora tinha de aproveitar a oportunidade para tentar escapar. E sabia que as intenções dela não eram as melhores. – Eu ouvi tudo, sei que está mancomunada com aquela diretora.

Camila balançou a cabeça.

– Não, não entende, eu só queria que você se adaptasse...

– Você só queria que eu virasse uma aberração, igual a você!

– Não, Ludo, eu achei que você pudesse me ajudar, que...

Antes que ela pudesse completar, senti uma mordida em meu tornozelo. Lupe! Estava agora transformado e se agarrava em mim como um cão no osso. Sacudi a perna, mas ele não largava. Domi me puxava de um lado, Lupe me puxava de outro.

Meti o medalhão na testa do Lobislupe. O metal chiou e senti instantaneamente um cheiro de cachorro queimado. Numa bocada, Lupe jogou o medalhão para longe.

– Corre, Domi! – gritei.

Recuei de costas, como um caranguejo no mangue, tentando ficar de pé. Lupe espumava de ódio por sua bocarra.

– Vou dessstroçarrrrrr voccccccê, nulidaaaaaaade!!! – ele rosnava em sua voz rouca de lobo. Sentia o bafo quente a centímetros do meu rosto. Era meu fim.

Lupe avançou para mim num latido, então ouvi um grito.

– Lupe, pare!

Olhei para o meu lado e lá estava ela, a diretora Samantha.

Lupe parou por um instante, rosnando, então avançou novamente. E outra vez a diretora gritou:

– Lupe! Pare! – Ele rosnou mais um pouco. – Senta! – gritou ela. Lupe continuou rosnando, então sentou como um bom cachorro. – Dá a patinha! – continuou ela. E Lupe deu a patinha, como um cãozinho adestrado.

– Muito bem – falou ela. E me lançou um olhar malicioso. – Bom, cãozinho – disse afagando o pelo de Lupe.

– Vejam só, agora vocês dois entraram oficialmente para a turma! – ela disse para mim e para o Domi, dando saltinhos.

Olhei para meu tornozelo, marcado com a mordida do lobisomem.

> "Afinal, o que deixava o colégio assim?
> Fora construído num cemitério indígena,
> num prédio assombrado, tinha um poço
> que o ligava direto ao Inferno?"

parte 3

GAROTOS
MALDITOS

1

Eu me joguei pelado na cama, com o corpo todo dolorido, depois de um longo banho quente que não foi suficiente para suavizar minhas feridas. O tornozelo mordido, joelho esfolado, corte no queixo e hematomas por todo o corpo. Era como se eu tivesse sido batido no liquidificador – batido ainda com umas pedras de gelo e várias doses de vodca. Foda. Era uma ressaca mesmo, e eu não tinha nem o conforto de pensar que tudo o que aconteceu na viagem havia sido fruto de bebedeira. A ressaca permaneceria.

Voltamos no final do domingo. O ônibus mais animado com os garotos malditos gritando e saltando por já estar de noite. Eu e Domi nos fundos, de cabeça baixa, deprimidos – agora éramos como eles? Não, éramos cabisbaixos e deprimidos, miseráveis. E os meninos gritavam, pulavam e uivavam para a lua. Pareciam adolescentes normais, na real.

Pareciam tão normais que minha mãe nem estranhou quando descemos do ônibus. Putz, ela estava lá, para me buscar, e eu não sabia o que ia fazer quando ela me visse, pensava em mil desculpas e explicações para meu estado, todo esfolado. Outros pais também haviam vindo, e pareciam pais normais. Recebiam seus filhos com naturalidade, beijavam a testa de zumbis, bagunçavam os cabelos de lobisomens. Que merda. Minha mãe abriu um sorriso e começou com o mar de perguntas.

– E aí, se divertiu? Parece que aproveitou mesmo a viagem!

Essa era boa.

– Nossa, você se ralou mesmo, hein? – dizia entre risos, me olhando melhor. – E precisa de um bom banho – disse, apertando o nariz.

Afastando o olhar, dei com Lupe um pouco à frente, sendo abraçado pela mãe.

– E aí, filhote, está com fome? Fiz o bolo de carne de que você tanto gosta — dizia a mãe dele com a mão naqueles cabelos piolhentos. Ela via a marca de queimado que meu medalhão fez na testa dele, devia achar que era só um esfolado de fim de semana, e continuava a fazer carinho. Putzgrila, uma mãe pode amar qualquer tipo de filho, hein? A mãe de Lupe parecia uma riponga, já mais velha, cabelos todos brancos, vestindo uma bata, mas nada de anormal. Ele cruzou o olhar comigo e fechou a cara, constrangido por vê-lo sendo tratado como um cachorrinho pela mãe.

No carro, minha mãe continuava disparando suas perguntas.

– Mas me conte, Ludo! Afinal, como foi a viagem? Preciso confessar que eu estava nervosa, primeira viagem sua nessa escola... Mas você aproveitou, não? Deve estar cansado. Está com cara de quem aproveitou.

Essa era boa. Minha cara fechada, clima deprimido, parecia que eu aproveitara? Não sabia nem como começar a contar à minha mãe a verdade toda sobre a escola, meus colegas. Eu queria me esconder num buraco. Mas eu não poderia esconder aquilo. Tinha vidas em jogo, *minha* vida estava em jogo.

Em casa, entrei no banho e me joguei na cama. Mil pensamentos rondando e minha cabeça uma zona só, eu não estava pronto para processar tudo aquilo. Por sorte, a exaustão do fim de semana garantiu que eu caísse rapidinho no sono. E foi um sono sem sonhos – porque parecia que os pesadelos já faziam parte da minha própria vida.

– Acorda. Ludo, acorda. Não vou falar de novo.

O dia começava como todos os outros – será? Minha mãe me cutucava na cama e eu me enrolava nos lençóis.

– Acorda, Ludo. Hoje eu não vou poder te levar na escola e você já está atrasado.

Afe, era só o que faltava, ter de ir para aquele colégio depois de tudo o que aconteceu.

– Não estou me sentindo muito bem...

– Não? O que você tem? – perguntou minha mãe pondo a mão na minha testa. – Não está com febre.

– Estou meio indisposto, mãe.

Ela abriu um sorriso.

– Deixa de manha, Ludo. Você já está muito grandinho pra isso... Olha só, já tem até barba na cara!

Ah? Passei a mão no rosto e senti os fios ralos.

– Nossa, parece que você cresce mesmo a cada dia, hein? Não tinha visto como você está barbudo.

Levantei enrolado no lençol, direto para o banheiro. Putz, era verdade... Eu estava com uma barba nascendo no rosto. E não era só isso, os primeiros pelos no peito. OK, uns dois fios, mas nunca tive pelo nenhum no peito. Adolescência? Até podia ser. Porém eu acreditava mais em maldição. Eu estava mesmo me transformando em lobisomem...

– Cara, está acontecendo mesmo, a maldição. Eu estou virando lobisomem – disse eu para o Domi ao telefone, cuidando para minha mãe não ouvir.

– Acredito – me respondeu ele. – Eu estou virando vampiro. Sabe que nem preciso mais usar óculos? Estou enxergando superbem!

A gente até que tinha motivo para se empolgar. Diz aí, nunca pensou em como poderia ser bacana ser lobisomem, ser vampiro? Claro, todo mundo pensou. Mas na prática isso não seria tão bonito... Imagina só quando eu me transformasse...

Domi também tinha suas preocupações:

— Não sei o que fazer, não consigo nem sair desse quarto com o sol que está fazendo lá fora, e minha mãe fica batendo na porta para eu sair pra escola.

— A gente precisa fazer alguma coisa, cara, urgente.

— Será que não dá pra gente procurar um médico? Isso deve funcionar como um vírus, ou um câncer, sei lá – disse Domi.

— Acho que é mais uma maldição...

— Então é melhor a gente procurar um padre.

Minha mãe bateu na porta do quarto.

— Ludovique, vá para a escola, AGORA.

— Já vou! Já vou – gritei para ela. Então voltei ao telefone. – Cara, preciso sair daqui. Preciso resolver isso sem minha mãe saber.

— Acho que eu conheço uma pessoa que pode ajudar... Mas não sei como sair daqui. Estou virando vampiro, Ludo! Se eu sair o sol vai me torrar!

— Deve ter um jeito. Como é que o Dante faz para sair de dia? Ir pra escola?

— Protetor 80! Ele passa protetor solar 80! Já vi ele passando. Até tirei sarro, achei que era frescura...

— Então, Domi. Arruma um protetor aí e vamos procurar ajuda.

— Certo, eu dou um jeito. Me encontra em uma hora na catraca do metrô Misericórdia.

2

– Putz, você está virando vampiro ou múmia? – eu disse quando percebi que o sujeito todo enfaixado em ataduras, de chapéu, óculos escuros e sobretudo era o Domi. Eu esperava na estação de metrô, tenso, quando ele me cutucou. – Desculpe, não tenho moeda – respondi seco, achando que era um mendigo.

– Ludo, sou eu, Dominique.

– Não tinha protetor solar? – perguntei depois de rir horrores.

– Não, minha mãe só tinha óleo bronzeador. Não pude acreditar. Acho que ela nunca ouviu falar em envelhecimento celular e câncer de pele.

– E o que você disse para ela para sair assim de casa?

– Nada, ela achou que era só frescura da adolescência...

Compreensível. Ao que parecia, era o que achava a mãe do Lupe, a mãe da Camila, minha própria mãe; nenhum dos pais entendia o que se passava com seus filhos.

Domi ficou me encarando com aqueles olhos de múmia, entre ataduras.

– O que foi?

– Você está ficando barbudo...

– Ah – eu respondi, raspando o queixo. – Vi esta manhã. Deve ser coisa de lobisomem... Mas, me diga aí, que ideia você teve, para onde vamos?

– Tem um padre aí que eu conheço – Domi me disse já me puxando para fora da estação de metrô. Eu ainda passava por um adolescente comum, mas ele, de múmia, atraía olhares de todos os lados.

– Não sabia que você era religioso – respondi. – Desde quando frequenta a igreja?

– Bem... – respondeu ele meio sem graça. – Não é que eu *conheça* esse padre, assim, pessoalmente. Mas... Já ouviu falar do padre Fábio Júnior?

– Quê? – respondi embasbacado.

– É um padre aí, da TV. Ele já gravou uns CDs de música...

Eu sabia bem quem era o padre Fábio Júnior. Quem não sabia? O cara estava em todos os programas de TV, gravou CDs, lançou livros, só faltava posar de modelo para anúncio de cueca.

– Você está de gozação, né, Domi? Não está falando sério de a gente procurar o padre Fábio Júnior...

Ele deu de ombros.

– Por que não? É o padre mais famoso que existe, deve ser bom.

– Deve ser um picareta, isso sim. Achei que a gente fosse procurar um padre sério, velhinho, alguém que não se preocupasse com o melhor ângulo para ser fotografado rezando.

– Ahhhh – disse Domi. – Você só está com preconceito porque ele é bonitão.

– Ah, é? – Era só o que me faltava. – E você só está querendo conhecer esse aí exatamente por isso, porque ele é bonitão! Pura viadagem!

Domi abaixou a cabeça, envergonhado.

– Foi só uma ideia...

Tudo bem, aquela discussão não ia levar a nada.

– Olha, desculpa, Domi. Besteira minha. Não tenho nada a ver com a sua viadag... digo, com sua sexualidade. Eu estou virando lobisomem, você está virando múmia...

– Vampiro! – ele me interrompeu.

– Desculpe, vampiro. Eu virando lobisomem, você vampiro, a última coisa com que me importo é se você é gay. Foi bobagem da minha parte, eu não tenho nada com isso. Mas... é que esse padre é muito truqueiro!

Ele suspirou.

– Tudo bem, Ludo. Era só o padre que eu conhecia, que já tinha visto na TV. A gente pode procurar qualquer outro. Mas a igreja dele é logo ali. – Ele apontou com a cabeça e vimos a enorme Catedral da Misericórdia. – Acho que não custa tentar...

☠

Já estávamos parados havia meia hora na frente da catedral. Procurar o padre Fábio Júnior era uma "ideia de jerico", como dizia minha falecida vozinha, mas o que nos preocupava mesmo era se *conseguiríamos* entrar na igreja.

– Acho que a gente devia tentar – disse Domi. – A gente entra rapidinho, se acontecer alguma coisa, a gente sai correndo.

Não sei não. Qualquer um que tenha visto um mínimo de filmes de terror sabe que não é boa ideia um lobisomem e um vampiro entrarem numa igreja. De repente a gente colocava o pé lá dentro e derretia na mesma hora, virava pó, estátua de sal, sei lá. Todas aquelas cruzes, padres, água benta...

– Olha, Ludo, você não é especialista em filmes de terror? Então sabe que essas coisas levam tempo, né? A transformação completa leva alguns dias, semanas, sei lá. A gente tem de aproveitar que foi recém-mordido, que ainda pode entrar na igreja, né? – Ele dizia meio me perguntando, meio querendo que eu lhe assegurasse que a maldição não havia se consumado, que não teria problema mesmo a gente entrar na igreja. Mas essa certeza eu não tinha. A gente devia é ter testado antes com um crucifixo, uma cruzinha de madeira, qualquer coisa...

Respirei fundo.

– Tá, vamos lá.

Tomamos coragem e entramos lentamente na igreja. Minha pressão foi baixando, eu suava frio, fui ficando pálido e sem ar. Domi olhou para minha cara.

– Ludo, está tudo bem?

Eu gesticulei com as mãos, sem conseguir falar direito.

– Esss... esstou meio sem ar...

Ele me olhou com aqueles olhos de múmia.

– Eu não estou sentindo nada. Não é impressão sua?

Respirei fundo novamente e tentei me recompor.

– É... Pode ser. Pode ser só um ataque de pânico.

– Pffffff – zombou Domi. – Depois eu é que sou o veadinho.

Caminhamos pelos corredores da igreja, eu me recompondo aos poucos. Logo avistamos um padre velhinho, cabelos brancos, cara de sério e comprometido com os trabalhos do Senhor. Mas Domi já foi se adiantando:

– Bom dia, a gente queria falar com o padre Fábio Júnior...

– Hum, vocês marcaram hora?

Domi me olhou constrangido.

– Claro que não! – respondi. – Desde quando é preciso marcar hora para falar com um padre?

O padre Velhinho abriu um sorriso cansado como se concordasse comigo, mas não pudesse nada fazer.

– Ele está dando uma entrevista, meninos, vai demorar. Posso ajudar em alguma coisa?

– É que é meio pessoal. Acho que só podemos resolver mesmo com o padre Fábio Júnior – Domi foi logo disparando.

– Você sabe que todos estamos habilitados a realizar o trabalho do Senhor, não é? – argumentou o padre. – Não é apenas porque um padre aparece na televisão que ele...

– Tá, tá, tá. Mas queremos falar com o padre Fábio Júnior mesmo.

O padre Velhinho suspirou.

– Se insistem tanto, então esperem. – E nos deixou.

Sentamo-nos nos bancos da igreja. Eu protestando com o Domi.

– Cara, não precisava ter sido grosso assim com o padre, coitado. De repente ele podia nos ajudar bem mais do que esse Fábio Júnior. Esse padre aí, sim, tem cara de padre sério.

– Como você é preconceituoso. Não é porque o padre Fábio Júnior é bonitão que não é um bom padre...

– E não é porque é famoso que é bom. Além disso, quem disse que ele lida com esse tipo de coisa? De repente deveríamos ter procurado aqueles pastores que aparecem na TV exorcizando pessoas na "Vigília dos Pastores Mãos-Leves" ou qualquer coisa assim.

– Eu não vou a uma igreja evangélica! – disse Domi.

Eu dei de ombros.

– Por que não? Para mim é tudo a mesma coisa.

– Você não é católico?

– Não. Você é? Achei que tinha dito que não tinha religião.

– Bem, nunca frequentei, mas fui batizado. Além do mais, a igreja evangélica sempre foi contra os homossexuais. Eu que não vou procurar ajuda lá.

– Sua sexualidade é a última coisa que deveria te preocupar agora, Domi, você está virando múmia!

– Vampiro! Estou virando vampiro!

– Que seja.

Ficamos sentados em silêncio, esperando o padre. Domi virava a cabeça, examinando a igreja, a arquitetura, os santos. Eu pensava em como tudo aquilo era absurdo. Eu virando lobisomem, sentado numa igreja, esperando para falar com um padre de televisão, com um amigo todo enfaixado, parecendo uma múmia de filme bagaceiro. Cara, sempre soube que a adolescência era uma doideira, mas nunca imaginei o quanto.

– Olha, acho que esse padre não vem. Talvez seja melhor a gente falar com aquele velhinho mesmo. – Assim que eu disse isso, padre Fábio Júnior apareceu, rodeado de uma equipe de TV, câmeras, repórter, todo sorridente e pimpão.

– Então vai ao ar neste próximo domingo, não é? Vou postar para meu fã-clube – perguntava ele, se despedindo dos repórteres. O padre Velhinho se aproximou e cutucou o padre Fábio Júnior. – Esses meninos estão esperando há mais de uma hora para falar com você.

O padre olhou para nós e disse em voz alta para todos ouvirem:

– Bem, agora tenho de atender minha paróquia. Veja só, tenho fiéis de todas as idades. Muita gente me critica por aparecer na TV, gravar músicas, mas é isso que está aproximando os jovens da igreja. Então, meninos, o que posso fazer por vocês?

A repórter pegou o microfone, apontou para nós e cutucou o câmera.

– Grava, grava...

Com todas aquelas câmeras, aquela equipe de TV focada em nós, ficamos megaconstrangidos.

– Er... queríamos falar em particular – eu disse para o padre.

O padre abriu um sorriso vaidoso e acenou para a equipe.

– Claro, claro; os jovens muitas vezes me procuram para se abrir, contar coisas que não teriam coragem de contar para os próprios pais, para os amigos; eles sabem que podem se abrir para mim, porque não podem esconder nada do Senhor, e eu estou aqui para lhes dizer que Jesus é sempre perdão.

A equipe continuava filmando o discurso do padre, focando nossa cara de bobos.

– Bem, então podemos conversar ou não? – pressionei.

– Claro, claro – continuou o padre. – Meu trabalho mais importante é esse. Tudo isso de televisão, fama, só tem importância para que eu possa realizar melhor meu trabalho de fé, fazer o encontro do povo com a voz do Senhor...

– Então vocês podem, por favor, desligar essa porra?! – desabafei, sem pensar. Todos me encararam. – Oops, foi mal – me desculpei. – Mas Jesus é só perdão, né?

A equipe desligou as câmeras. E foi se retirando. Eu ainda tive a pachorra de gritar:

– E, olha, a gente não autorizou a exibição de nossa imagem, viu? – Imagina só, a última coisa de que eu precisava agora era aparecer na TV como um dos "jovens resgatados para a igreja pelo padre Fábio Júnior".

O padre ficou parado lá, olhando para nós, com uma cara zangada.

– Muito bem, já tiveram seus 15 segundos de fama dizendo sacrilégios na igreja. O que querem, afinal?

– Olha, eu não disse nada – defendeu-se Domi. – Foi ele .

– Pfffff – cutuquei o Dominique.

– Então? – O padre ficou parado lá, com as mãos na cintura. O que a gente tinha para dizer não era fácil, não seria fácil com um padre estrelinha, e agora parecia que seria mais difícil com um padre estrelinha de má vontade com a gente.

– Olha, desculpe – disse eu de novo. – É que a gente está muito nervoso, tem uma coisa muito séria acontecendo com a gente...

– Eu não tô nervoso, não – disse Domi. – Ele é que tá. Ele é que xingou e disse sacrilégios. – Baita traíra.

O padre bufou e sentou na nossa frente.

– Bem, meninos, podem desabafar. Como eu disse, Jesus é todo perdão. – E fez um coraçãozinho com as mãos. Babaca.

Eu encarei Domi, para ver se ele não tomava a iniciativa. Não fora dele a ideia de ir conversar com aquele padre? Ele que expusesse a situação. Mas Domi virou a cabeça, olhou para o teto, as paredes, como se não tivesse nada com isso.

– Bem... – eu suspirei e disse ao padre –, você acredita em demônios?

O padre me olhou intrigado.

– Demônios?

– É... Acredita, assim, que alguém pode ser amaldiçoado, e começar a se transformar em algo diferente...?

O rosto do padre se abriu num sorriso.

– Meninos, a adolescência é um período de mudanças...

Eu já imaginava que ele viria com aquilo. Eu o interrompi.

– Não tem nada a ver com adolescência. Estou falando de maldição mesmo, de demônios, monstros... Olha, hoje eu acordei e tinha esta barba nascendo na cara... – Oops, argumento errado.

– Sei, e acha que isso não tem nada a ver com a adolescência? – zombou o padre.

– Não é adolescência – insisti. – Quero dizer que estou virando lobisomem.

Domi assentiu.

– E eu estou virando vampiro!

O padre franziu a testa para ele.

– Não, não, rapaz. Quem anda enfaixado assim é múmia. Você deve estar se transformando em múmia, não em vampiro.

Domi bufou, cansado. Eu tentei me recompor para contar as coisas objetivamente, mas, quando vi, já estava falando do colégio novo, de Camila vomitando em mim, os peitos da diretora e a camiseta dos *Toxic Avengers*.

O padre respirou profundamente, pensando bem no que dizer.

– Meninos... Eu também já tive a idade de vocês...

– Mas isso não tem nada a ver com idade – interrompi novamente. Ele estendeu a mão, me silenciando, para que eu ouvisse.

– Sei que muitas mudanças na vida são difíceis, e é mais fácil fugir para um mundo de fantasias. Imagina só que, quando eu era pequeno, adorava o Tarzan! Amarrava uma corda na árvore de casa e me pendurava como se fosse um cipó, gritando Oooooo! – Ele riu. Babaca. E prosseguiu. – Sei que pode ser mais fácil explicar muita coisa recorrendo à fantasia: demônios, lobisomens. Bem, que garoto hoje não iria querer ser vampiro, não é? Os vampiros estão na moda, são sedutores, conquistam todas as meninas...

– Pode ter certeza de que isso não é motivo para ele querer virar vampiro – disse eu apontando para Domi.

O padre balançou a cabeça.

– Sei como isso tem seu charme, seu mistério. E os lobisomens? Acho que todo homem sonha em deixar a fera que há dentro de si se libertar, um lado de pura selvageria... Pode parecer atraente para vocês, pode parecer que o melhor é ceder às tentações, mas o único caminho da verdadeira recompensa é o caminho do Senhor. Pode ser sofrido. Às vezes temos de abrir mão dos prazeres e até da nossa natureza; muita gente vive uma vida toda de sofrimento e miséria, mas não vale a pena? Não vale a pena para ter a vida eterna ao lado de Jesus?

Meu Deus, que papo era aquele?

– Toda essa mítica de vampiro, de lobisomem, seduz com a promessa de juventude eterna, fuga das responsabilidades. Eu entendo vocês. Talvez, se eu fosse mais moço hoje, também iria querer ser vampiro. Quem não iria querer? Mas isso são apenas fantasias, a verdadeira magia do mundo está no Senhor...

Enquanto o padre vinha com seu blá-blá-blá, eu olhava para o teto, o chão, as estátuas dos santos. Ele não entendia mesmo o que se passava com a gente. Mas até que tinha um ponto. Afinal de contas, do que a gente estava se queixando tanto? Os vampiros não têm seu charme, não são sedutores? E os lobisomens, não são selvagens? Talvez aquilo não fosse lá tão ruim. Ou melhor seria uma vida toda miserável, de sofrimentos? Quanto à vida eterna... Bem, não era isso o que teríamos agora? Como vampiro e lobisomem, não deveríamos nos preocupar apenas com a luz do sol, estacas e balas de prata? O resto não seria só diversão?

Eu pensava em tudo isso enquanto o padre continuava narrando uma vida de privações em nome de Deus. Eu via as esculturas de Jesus crucifixado, sangrando, sofrendo, e pensei se era isso mesmo que eu queria para mim. Essa era a propaganda da igreja. Já o Inferno colocava vampiros e demônios na capa das revistas adolescentes e de celebridades.

Sem esperar o padre parar de falar, me levantei, puxando Domi.

– Obrigado pelo seu tempo, padre, precisamos ir. Estamos atrasados para a aula.

O padre lançou um olhar surpreso.

– Hum... fico feliz em ajudar, se precisarem de mais alguma coisa...

Eu fui puxando Domi, que protestava, pela porta.

– Ludo, a gente nem terminou de ouvir o que ele tinha a dizer...

– Deixa esse padre para lá, Domi. Acha que ele estava dizendo alguma coisa que a gente podia aproveitar?

Domi abriu um sorriso sem graça.

– Sei lá. Na verdade, nem ouvi muito o papo, só via aqueles olhos azuis dele...

3

O rottweiler preto latia e espumava atrás das grades, olhando para mim. Eu estava lá, parado, olhando para ele, tentando me comunicar com ele, entender seus latidos ou ao menos perceber algo diferente naquele ataque de fúria. Eu gostaria de poder dizer que ele rosnava para mim por causa da minha mudança, que agora reconhecia em mim a fera que eu havia me tornado, mas a verdade é que aquele bicho nunca foi com a minha cara, sempre se arregaçava de tanto latir quando eu passava no portão da vizinha, e eu continuava sem entender por que aquele escândalo todo.

Enquanto eu estava lá parado, feito idiota, a filha do dono da casa passou por mim, pediu licença e abriu o portão com a chave. Ao vê-la, o cachorro ficou bonzinho na mesma hora, de língua de fora, abanando o rabo. Não era para menos, baita de uma gostosa. Ela olhou para mim e sorriu.

– O que está fazendo parado aí?

– Er... desculpe. Só estava vendo se ele se acostumava comigo, adoro cachorro – menti.

Ela acariciou o cachorro e abriu um sorriso.

– O Ludo não gosta de ninguém. Ele é muito mal-humorado. Só gosta de mim.

Como assim?

– Er... eu não sou tão mal-humorado não – respondi.

Ela riu.

– Espero que não. Já basta o Ludo; né, Ludo? – Ela disse numa vozinha fina, e apertou o focinho do bicho, mandando beijinhos.

– Ludo?

– É. O nome dele. Ludovique, na verdade.

Que ótimo, o cachorro tinha meu nome. Eu tinha nome de cachorro.

– Como é seu nome, por sinal? – perguntou ela.

– Er... – Eu tinha de pensar rápido. – Thomas! Moro aqui do lado.

– Isso eu sei, sempre vejo você passando... – ela disse isso com um sorrisinho provocante, juro. – Meu nome é Brigitte.

– Prazer. – (Prazer mesmo, baita periguete.) – Bem, preciso ir pra casa...

– Certo, prazer, Thomas. Apareça qualquer dia para tomar um... suco – ela disse com uma piscadinha e acenou com um tchauzinho.

Uau, aquilo era demais. Nunca imaginei que uma menina daquelas ia olhar para mim, devia ter uns dez anos a mais que eu, cabelo oxigenado, pinta de quem só sai com playboy... Será que era a coisa de lobisomem que havia despertado um charme animal em mim? Cocei o queixo e senti a barba por fazer; putz, a vida como lobisomem não era lá tão mal. Mas... Ludo? A garota tinha mesmo dado meu nome pro cachorro?

Cheguei em casa mais cedo, já que nem tinha ido para a escola. Beleza, meus pais não estavam lá mesmo. Queria me jogar na cama e pesar os prós e os contras de ser lobisomem, mas a Antônia estava lá, com o aspirador. Baita eletrodoméstico barulhento. Meus sensíveis ouvidos caninos não aguentavam aquilo... Hehe, OK, ainda não sentia nenhuma diferença nos meus sensíveis ouvidos, mas já me preparava para sentir. Enquanto ela passava o aspirador embaixo da cama, embaixo da escrivaninha, eu ligava o computador.

– Menino, não pode esperar eu acabar aqui?

– Tenho uma pesquisa de escola... urgente – disse eu.

Ela balançou a cabeça. Claro que nenhuma pesquisa de escola seria urgente. Claro que nenhum trabalho, nenhuma prova, nada disso com que os professores fazem tanto terrorismo e os alunos se borram de medo tem a mínima importância no final das contas. Quando você está formado, não faz a mínima diferença se passou com dez ou cinco numa prova. Mas havia questões bem mais vitais na minha escola. Tipo, se minha educação iria decidir se eu me tornaria imortal, ou arder no Inferno após a morte.

Certo, pesquisinha: lobisomens; licantropia; balas de prata. Não encontrei nada que não soubesse. E estava tudo no terreno do folclore e da ficção. Ninguém sabia que essas coisas existiam de fato. Aquilo não tinha cabimento.

– Isso não tem cabimento! – gritei alto. Antônia saiu se desculpando, achando que eu estava falando do aspirador.

– Tá, tá, menino, já terminei!

Ninguém entendia o que se passava comigo. Bem, talvez o povo da escola entendesse. Talvez Camila, Lupe, até a diretora soubessem exatamente o que era aquilo. Afinal, de onde vinha aquela maldição? Se Lupe havia me transformado em lobisomem, alguém o havia transformado antes de mim, certo? Ou ele nascera assim?

4

Jantávamos um curry de legumes com tofu, que ofendia um pouco os meus caninos. Legumes? Tofu? Eu estava me transformando numa fera, precisava de um bom bife sangrento, ou ia acabar atacando o cachorro da vizinha... Ou a própria vizinha! Enquanto mastigava o tofu esponjoso, perguntei:

– Não tem um bife na geladeira, não?

Meu pai me olhou franzindo as sobrancelhas.

– Não gostou da minha comida?

Eu balancei a cabeça para os lados.

– Meio sem graça, né? – Oops, frase errada. Meu pai era megaorgulhoso de seus dotes culinários, e ficava megassentido até se alguém ousava pegar o saleiro para salgar mais seus pratos. Uma vez ousei espremer um tubo de catchup em cima de um risoto de aspargos e ouvi sermão pelo resto da semana.

– Foi mal – me desculpei. – Até que está gostoso.

– Até? – pressionou meu pai, agora se enfezando de fato.

– É que estou em fase de crescimento, né? Preciso de proteína – justifiquei.

Minha mãe se adiantou para contemporizar.

– Pois é, está crescendo mesmo. Viu essa barbinha no rosto dele, querido?

Meu pai observou com atenção, e suavizou o rosto num sorriso.

– É mesmo, já não é mais moleque, hein? – Então se lembrou de que eu acabara de ofender sua comida: – Mas carne vermelha é um prato muito pesado para se comer a essa hora. Você ia ficar conversando com o bife até amanhã.

Consegui cabular os próximos dias no colégio, trancado na biblioteca pública. Ainda não estava preparado para reencontrar Camila, Lupe, a diretora; não estava preparado para me reencaixar como um dos monstros daquele colégio maldito. Como não podia ficar morgando em casa, resolvi escutar os velhos conselhos de meu pai e fazer pesquisa na biblioteca:

– A internet é apenas a maneira mais rápida e preguiçosa de se pesquisar sobre um assunto. Se você quer realmente se aprofundar, precisa ir a campo, consultar as bibliotecas. Há livros e mais livros centenários que nunca foram digitalizados e oferecem informação muito mais precisa, densa e consistente sobre o tema que você deseja focar – blá-blá-blá, blá-blá-blá, dizia ele. A verdade é que os livros da biblioteca não me acrescentaram muita coisa sobre minha maldição, não, e eu passei mais tempo de bobeira na internet por lá.

Eu virava xícaras e mais xícaras de café, e já estava ficando meio lelé com toda aquela cafeína. Foi me dando uma ansiedade, uma irritação. Então me lembrei do que Lupe havia dito para mim na noite em que me mordeu: "Claro que a lua cheia facilita a transformação, mas na falta dela é só a gente tomar um bom energético, fazer uma forcinha que a coisa vai". Putz, e eu me entupindo de café assim. Comecei a ficar realmente preocupado e corri para o banheiro.

Eu me tranquei no reservado. Estava ofegante, com ânsia de vômito, será que eu ia me transformar em lobisomem ali? Olhei minhas mãos, meus dedos, pareciam mesmo mais pontudos que antes; fiquei esperando o pelo crescer. Porra, eu era mesmo um coió, tanto lugar mais bacana no mundo para eu virar lobisomem e tocar o terror, ao menos para poder correr à vontade como lobo, apavorar a galera, comer uns gatos de rua, sei lá, mas eu tinha de virar lobisomem bem dentro de uma biblioteca?

Esperei alguns minutos, então comecei a sossegar. Parece que a transformação havia sido acalmada. Entrou gente no banheiro, descargas foram pressionadas, gente saiu. Então eu estava sozinho de novo e decidi lavar o rosto. Observei atentamente meu rosto. Tinha aqueles pelinhos de barba nascendo, umas olheiras profundas, mas nenhuma grande mudança; meus cabelos precisavam de uma boa lavada, isso sim, minha franja estava um sebo. E meu piercing infeccionava. Resolvi tirar o piercing.

Voltava para casa naquele horário de sempre, fingindo que voltava da escola. Horário de almoço. A rua cheia daquele povinho de firma, uns caras de camisa e gravata naquele baita calor, fazendo fila naqueles restaurantezinhos de quilo para pesar o prato, salada de maionese escorrendo no bife escorrendo no feijão escorrendo na couve-flor. Afe! Melhor me transformar em lobisomem do que num desses! Melhor até me transformar em múmia! Hehe.

Uns moleques de rua gritavam para mim:

– Ei, boyzinho, tem um trocado? – Pô, boyzinho? Eu todo desgrenhado, virando lobisomem, com essa franja ensebada... Meti o fone no ouvido e apertei o play para não ter de ouvir essas merdas; música nova do *Torture Porn*, aquela bandinha punk-eletrônica argentina, sabe?

Estava ouvindo os gritos e uivos do vocalista, quando escutei um rosnado alto bem em cima de mim. Antes que conseguisse entender o que acontecia, eu estava no chão. Aquele cachorro da vizinha, também chamado Ludo, havia escapado e mordia meu tornozelo, bem onde Lupe me mordera fazia alguns dias. Rasgava meu jeans e sacudia a cabeça. Afe, tudo bem que sou magrelo, mas o que dá nesses cachorros que não largam meu osso?

– Ludo, Ludo, pare com isso!

Brigitte gritava – para mim ou para o cachorro? Para o cachorro. Ele parou na mesma hora, abanando o rabinho e sorrindo para ela, com a maior cara de pau.

– Desculpe, desculpe, Thomas – disse ela sem graça, já me ajudando a levantar. – Eu estava entrando com as compras e não consegui segurá-lo... Você está bem?

Achei que estava, pus a cabeça no lugar, assentindo. Merda, tinha meu jeans rasgado, né? Em outros tempos eu até acharia bacana, mas essa coisa de andar com jeans rasgado já estava meio cafona e, porra, era um jeans novinho.

– Vem, vem, entra – disse Brigitte me puxando para sua casa. O cachorro rosnou novamente. – Quieto! – ela gritou, e continuou me puxando. – Vem lavar sua mordida aqui dentro. Ai, meu Deus, que ferimento feio.

A periguete me arrastou para dentro de casa, para o banheiro, e me colocou sentado na privada.

– Deixa eu lavar isso, passar um mertiolate. Ai, Thomas, desculpa mesmo...

Eu balbuciava que não tinha sido nada, não era nada grave, enquanto ela enrolava meu jeans e tentava passar um algodão.

– Olha só, jeans tão bonito, eu te compro outro, prometo.

– Nah, tudo bem – respondi.

– Olha, Thomas, o Ludo é vacinadinho, tá? Não se preocupe, ele não está com raiva não, é que ele é muito ciumento e protetor comigo...

– Tudo bem, tudo bem... – respondi. Eu estava mais preocupado é com aquela vagaba ajoelhada lá, no meio das minhas pernas, puxando minha calça, os peitões à mostra no decote. Tava difícil de esconder a barraca armada.

– Por favor, não vai denunciar, né? Imagina se mandam sacrificar o pobrezinho do Ludo? Por favor...

– Não, não, pode deixar – eu respondia tenso, com Brigitte esfregando minhas canelas.

– Eu preciso arrumar logo uma cadela para cruzar com ele, sabe? O pobrezinho ainda é virgem, por isso anda tão estressado...

– Sei, sei como é, a falta de sexo pode deixar qualquer um louco mesmo – falei, tentando jogar conversa fora, já dizendo bobagem.

– Está meio difícil de limpar assim, não quero sujar sua calça... – Ela então levantou o olhar e deu com a minha mala. – Acho que é melhor você tirar a calça de uma vez, Thomas.

5

Quando entrei na sala de aula, os urros, gritos e selvageria dos alunos se calaram imediatamente e todos se viraram para me encarar. Agora eu era um deles, eles podiam perceber, um novo lobisomem entre demônios, zumbis e vampiros. Me olharam com respeito e identificação, me recebendo como um novo amigo...

Nah, mentira. Eu entrei na sala de aula no dia seguinte, como entrei em qualquer outro dia. Já era hora de voltar aos estudos... Se é que se pode chamar aquilo de "voltar aos estudos". Minha trepadinha com a vizinha me deu novo ânimo para enfrentar os demônios.

Sim, teve trepadinha com a vizinha, mas não vou ficar narrando os detalhes aqui para os tarados de plantão. Haha. Nem sei como peguei um mulherão daqueles – acho que tenho de agradecer àquele cão sarnento dela, o cachorro-Ludo, ou talvez agradecer ao meu próprio lado cachorro, não é? Talvez meu novo charme canino-lupino, de lobisomem, tenha um efeito poderoso sobre as mulheres. Se bem que aquela lá tinha jeito de quem topa tudo com qualquer um, com charme de cachorro ou sangue de barata...

Ah, OK, você deve me achar megacanalha, cuspindo no prato que comi, blá-blá-blá, OK, OK, foi mal. Mas foi bom. Trepadinha megaboa – bem diferente do que era com minha ex-namorada Carolina; nessas horas a gente vê como é bom uma mulher mais velha, mais experiente, desinibida...

Ela estava super com medo de que eu fosse denunciar o cachorro dela por aí, isso também deve ter ajudado que eu me desse bem. Ela deu o dela para salvar o cachorro... Hahá. Que trash. Tá, desculpa, desculpa. Mas... Me peguei pensando no que aconteceria com o cachorro... Ele até podia não ter raiva, ela me assegurou que ele era só mal-educado mesmo, mas e eu? Digo, Lupe me mordera alguns dias antes... no mesmo lugar em que o cachorro me mordeu... Será que EU não passara para ele a maldição? Ele não iria virar um... lobiscachorro? Ou será que essas coisas não eram transmissíveis entre caninos?

Falando em transmissível, sim, sim, claro que usei camisinha.

Bem, deixa de pensar bobagem. Eu estava de volta à escola. Os moleques eram os malditos de sempre – só havia um novo palhaço na classe. Digo, palhaço mesmo, um deles usava peruca, nariz, maquiagem completa de palhaço. Freak. Claro que aquilo não chamava a atenção de ninguém na classe. Assim, como ninguém olhava para ele, ninguém olhou para mim, não pareciam surpresos com a minha volta. Bem, Domi estava lá, e me viu. Ainda estava todo enfaixado, sentado no fundo, e fez sinal para que eu sentasse ao lado dele.

– Cara, você tem de dar um jeito nisso aí – disse eu –, não pode ficar andando pra cima e pra baixo feito múmia.

– Eu falei pra ele – disse Dante, um pouco à frente. – Ofereci meu protetor solar, mas ele é orgulhoso...

– Eu estou bem assim. Quando sair da escola já vou comprar um protetor – disse Domi para mim, sem dar atenção ao antigo namoradinho. As coisas entre ele e Dante estavam azedas. Compreensível; não deve ser fácil de perdoar quando seu namorado te dá uma mordida no pescoço de arrancar sangue e transforma você em vampiro.

Eu mesmo não sabia se poderia perdoar Camila. Ela estava lá, na frente da classe, me olhando com um rosto triste e envergonhado, sem saber se tinha abertura para vir falar comigo, esperando que eu fosse falar com ela. Eu é que não ia. Ela me traiu. Bem... eu também a traí, é verdade. Mas uma coisa é você dar uma puladinha de cerca com a vizinha, outra é fazer parte de um complô diabólico para mandar a alma do seu namorado para o Inferno! Mesmo que agora eu começasse a tentar aceitar a ideia de que ser lobisomem poderia ser algo legal.

– E aí, percebeu algo diferente, alguma mudança? Já virou morcego? – perguntei para o Domi, meio de brincadeira, meio a sério.

– Não, viu? Mas não estou conseguindo comer nada direito. Será que vou ter de chupar sangue? Ia ser uma nojeira.

– Se ia, ainda mais com as doenças que andam por aí – acrescentei. – Acho que ser vampiro não é das coisas mais recomendadas no século XXI. Mas você devia pedir umas dicas para o Dante...

– Nem fodendo. Prefiro me virar sozinho.

– Tá certo.

Olhei ao redor da classe, tentando me sentir parte da turma, tentando sentir que eu não era mais uma nulidade. Leôncio-Leonilson hoje tocava violão – depois de pintar como Picasso, psicografar um romance espírita e encarnar Jim Morrisson, agora ele incorporava Caetano Veloso.

– E você, já virou lobisomem? – me perguntou Domi.

Ainda não tinha virado, só tive aquele surto na biblioteca, que mais parecia uma doença de estômago... ou podia ser só frescura. Eu também não sabia direito como ia ser. Se Domi podia pedir conselhos a Dante, eu podia pedir a Lupe, o que também não ia fazer de jeito nenhum.

– Bem, a lua cheia está aí – disse Domi. – Logo você vai descobrir...

É. Isso me preocupava. Lupe podia se transformar quando quisesse, aquilo ficou claro, mas talvez na lua cheia as coisas escapassem do controle. E se as coisas escapassem do controle comigo e eu saísse desembestado pela casa, matasse minha família, atacasse as pessoas na rua? Fora que... putz, agora eu lembrava, ia ter show da *Howling Ones*, uma das minhas bandas favoritas, da Estônia, bem na próxima lua cheia. Eu precisava aprender a lidar com a transformação antes disso. Talvez a única opção fosse mesmo pedir conselhos ao Lupe. Mas aquele moleque também não era dos mais assíduos na escola. Onde estava ele naquele dia, por sinal?

A professora também estava atrasada, mas isso era normal. Dei uma olhada na minha agenda e vi que aquela primeira aula era de biologia. Hum, eu suspeitava que não ia ver a professora Tati novamente. Quando a diretora Samantha entrou na classe, eu tive certeza. Ela tocou o sininho e avisou:

– Bom dia, gente! Então, vocês sabem que a professora Tati ficou dodói depois de toda aquela chuva na ilha da Carcaça, né? Tá gripadinha. Mas olha só que legal: agora vocês têm essa aula vaga! – E deu seus pulinhos, batendo palma e comemorando.

Aula vaga. Que novidade. Era bom eu me especializar logo na carreira de lobisomem, porque com um colégio daqueles ia ser difícil eu passar em qualquer vestibular.

Os alunos foram saindo, alguns apenas deitaram a cabeça na carteira para dormir, e eu me encaminhei para a porta, meio receoso de cruzar com a diretora. Antes que eu pudesse fugir, ela agarrou meu braço.

– Espere aí, piteuzinho, você não. Vamos aproveitar esta aula vaga para que você converse um pouquinho com o Dr. Yorick, certo?

6

– Então, você é virgem?

Pffffff, o mesmo papo de sempre. Agora eu até acreditava que era realmente aquela caveira quem falava comigo, aquela caveira era meu psicólogo, o Dr. Yorick. Mas que papo era aquele? Por que ela ou ele estava tão interessado na minha vida sexual?

– Olha, eu vim aqui para falar sobre minha transformação em lobisomem, se sou virgem não é problema seu.

– Hum, estou achando então que é sim, é virgem sim, não quer admitir.

Afe, agora essa, a caveira tirando onda com a minha cara.

– Você não me escutou? Eu não quero falar da minha vida sexual.

– Virgem-em-em, virgem, lalalá – cantarolou ela. Que coisa infantil. Era de se esperar que uma caveira, ainda mais de um psicólogo, fosse mais madura.

– Eu não sou virgem, já falei!

– Sexo oral não conta.

– Mas não sou virgem de jeito nenhum! – Oops! Não, não era bem assim. – Quero dizer, já transei com mulher sim, eu tinha namorada no colégio anterior.

– Acho que está é querendo contar vantagem... – A caveira continuava aloprando comigo. Que raiva.

– Que contar vantagem, cabeça oca? Que contar vantagem? Tinha namorada, sim.

– Virgem-em-em, lalalá.

– Cara, que babaquice. Eu fui até expulso do colégio antigo por isso. Engravidei minha ex-namorada. Não sou virgem mesmo!

A caveira parou instantaneamente de cantarolar. Oh-oh, acho que falei demais.

– Engravidou? Você tem um filho?

Abaixei a cabeça...

– Não... Ela abortou. É um assunto difícil pra mim...

OK, falei demais. Mas era bom colocar para fora. De repente seria bom mesmo conversar sobre aquilo com um psicólogo, ainda que fosse uma caveira. Nunca pude conversar sobre isso com os meus pais. Na verdade, eles nunca ficaram sabendo. Os pais da Carolina cuidaram de tudo, inclusive da minha expulsão do colégio.

– Foi idiotice minha, nossa, sei lá, eu sei que devia ter usado camisinha, mas...

– Obrigado, Ludovique, sessão encerrada – disse o Dr. Yorick.

– Como? Não queria saber da minha vida sexual? Estou te contando. Acabei engravidando minha primeira namorada e...

– Dispensado, Ludovique. Tenho outros alunos para receber agora. Por favor, saia da sala.

Falei demais, eu sei.

Pensava nisso e me lembrava de toda a história com a Carolina. O sufoco que passamos quando ela descobriu que estava grávida. Putz, foi com ela que perdi a virgindade, primeira menina com quem transo, e já ia ter um filho. Megavacilo da minha parte, da nossa parte, sei lá. A gente também nem pôde pensar direito sobre isso; ter o filho foi uma opção negada pela família da Carolina. Eu sei o quanto seria difícil, claro, imagina só se estou pronto para criar um moleque. Mas a coisa já tinha sido feita, acho que era questão de eu e a Carolina conversarmos sobre isso. Mas sem chance. E quando eu tentei discutir sobre isso, os pais dela deram um jeito para me afastar de vez, me proibiram de vê-la, me expulsaram da escola...

Eu relembrava tudo isso, jogando migalhas de pão no lago da escola. O tentáculo do Berramute, Berramote ou sei lá como se chamava aquele bicho saía da água, pegando as migalhas. Vixe, eu era um bangolé mesmo, diz aí? Com um bicho daqueles no lago, como pude demorar tanto tempo para perceber que o Colégio Pentagrama era mesmo amaldiçoado? Bem, não é das coisas mais fáceis de se acreditar, né? Eu já estava bem grandinho para acreditar em monstros, vampiros e demônios. Mas o colégio dera todos os sinais, meus colegas deram sinais, a professora Maura, de artes, me dera a dica... e o medalhão. Putz, eu perdera o medalhão lá na ilha da Carcaça, mas precisava perguntar mais sobre isso para a professora Maura...

Enquanto eu pensava em tudo isso, vi um dos alunos se aproximando, um dos mais freaks dos freaks. Aquele que eu vira no começo do dia, que usava roupa, peruca e maquiagem de palhaço. Seria um palhaço assassino? Mesmo sabendo que aquela escola era amaldiçoada, eu não parava de me surpreender com as bizarrices do lugar.

– Ludo, obrigado por me ajudar – disse ele.

– Oi?

Ele tirou o nariz de palhaço, então caiu a ficha e eu percebi quem era. Puta merda, o Joel!

– Se você não tivesse me levado correndo para a professora, eu poderia estar morto.

Mesmo por trás da maquiagem pesada, eu podia ver, seu rosto estava queimado, sua boca torta, as palavras saíam arrastadas e roucas. O rosto em carne viva, as veias pulsavam sob a maquiagem. Joel estava todo deformado pelo ácido. Enfim, havia se transformado num monstro como os outros.

– Cara, o que você está fazendo aqui? – perguntei. Depois de tudo o que aconteceu, como ele tinha coragem de voltar para aquela escola? – Joel, cai fora logo daqui. Não é seguro você ficar nessa escola. Olha, você estava certo, esse é um colégio amaldiçoado e...

– Eu não posso desistir da minha missão. Tenho de tentar salvar as almas desses jovens. E sei que posso contar com a sua ajuda.

Ainda aquele papo. Ele não aprendia mesmo.

– Joel, estou te falando, saia desta escola. Esse povo não tem salvação. Eu mesmo já estou me transformando em lobisomem, não vou poder te ajudar.

– Não, Ludo, você é como eu...

– Deus me livre! – (Oops, deixei escapar. Foi mal, eu sei.)

– Você é o que eles chamam de "nulidade", você não vai se transformar. Precisa aproveitar enquanto ainda é tempo para me ajudar a livrar este colégio do mal. Quando eles descobrirem que você não pode mesmo se tornar um deles, você correrá tanto perigo quanto eu.

– O que você está falando, moleque? Não sou uma nulidade, estou virando lobisomem, te digo.

– Mesmo? Teve alguma confirmação?

– Sim, sim, tem barba crescendo no meu rosto... e a vizinha está a fim de mim...

Joel balançou a cabeça como se aquilo tudo fosse bobagem, não provasse nada. Claro que não provava, mas eu mesmo ainda não tivera maiores confirmações. Não havia nada que confirmasse que eu também estava amaldiçoado.

– Olha, não é seguro para você ficar aqui, mesmo com essa fantasia – argumentei. – Ou eles te matam ou transformam você num deles.

Joel balançou a cabeça novamente.

– Não está entendendo o que estou te dizendo, Ludo? Eu e você não podemos mais nos transformar. E agora eu sei o motivo.

– E vai ficar de biquinho calado se não quiser ter o resto do corpo queimado – disse uma voz atrás de nós. Eu me virei e encontrei o Lupe se aproximando do lago. – Quer dizer que você ainda é uma nulidade, Ludo? – perguntou Lupe, zombando. – Legal, acho que agora posso dar cabo de você...

Joel tirou um crucifixo de dentro do peito e o estendeu.

– Vade retro, Satanás!

Lupe balançou a cabeça, sorrindo.

– Você é coió mesmo, hein? Essa cruzinha aí até arde um pouco na minha pele, mas não vai ser capaz de salvar a sua.

Vi que ele estava com uma lata de energético. Segundo ele, era só dar uns goles para ajudar na transformação. (Eu precisava tentar isso qualquer dia desses.) Lupe deu um gole, e um sonoro arroto.

– Fique longe da gente, seu vira-lata – disse eu. – A diretora não vai gostar nada de saber que você está nos ameaçando!

Lupe riu. Megarrisada de demente.

– Está achando o quê, Ludo? Que é o queridinho da diretora? – Riu novamente. – Ela só não queria desperdiçar uma alma a mais que poderia vender para os demônios. Você sabe, está ficando cada vez mais difícil arrumar novos alunos para esta escola. Afinal, que sem-noção foram seus pais para matricularem você aqui?

Boa pergunta. Eu não respondi. Lupe caminhava lentamente para nós. Joel se afastava, estendendo firme o crucifixo.

– Não. Quando a diretora souber que você é mesmo uma nulidade, vai agradecer por eu dar cabo de você. Ela mesma pediu que o Zezinho fizesse isso com o professor Cadu, com a professora Tati... E você ainda tem de me pagar por essa queimadura que me deixou na testa.

Lupe deu mais um gole de energético e os pelos começaram a crescer em seu rosto. Suas sobrancelhas juntas se tornavam mais espessas. Eu recuava temeroso, com Joel logo atrás. Foi quando ouvi o ruído vindo d'água.

Virei-me e me dei conta. Lá estava o tentáculo do Berremote. Estávamos perto demais e... tarde demais. Num piscar de olhos o tentáculo se projetou para fora d'água, se enrolou no tornozelo de Joel e o puxou para dentro d'água. Ele não teve nem tempo de gritar.

Pasmado, virei o rosto e encontrei o olhar de Lupe. A transformação havia se interrompido. Ele também via surpreso a cena. Quando captou meu olhar, sua expressão de espanto se abriu num sorriso, e ele desatou a gargalhar.

Aproveitei a deixa e saí correndo de lá, com as risadas de Lupe ecoando atrás de mim.

7

Esperava com Domi pela professora Maura, na porta da sala de artes. Não podia acreditar no que estava acontecendo. Joel estava morto. Lupe admitira que eles davam cabo dos professores que se opunham à diretora. E agora parecia que estávamos de novo em perigo. Afinal, não éramos nós os garotos malditos.

– Não sei, Ludo. Pode ser só dor de cotovelo dele. Olha, eu nem estou precisando mais usar óculos... A diretora mesmo disse que havíamos entrado oficialmente para a turma.

– Mas tem alguma coisa faltando, Domi. A diretora me mandou logo cedo para o Dr. Yorick. Ele continuou com aquelas perguntas... Deve ter algo a ver com a nossa sexualidade...

– Nossa sexualidade? – Domi me olhou com um sorrisinho. Era só o que faltava.

– Não vai começar de novo, Domi. Já disse, eu não sou gay.

– Como você sabe? De repente é isso. De repente, bem lá no fundo...

Eu estendi a mão para ele deixar de vez com aquilo.

– Pode parar. Não tem "bem lá no fundo" nada. Olha, você é meu amigo e não me importa que você seja gay. Mas eu gosto de mulher, não tenho dúvida. Sou espada!

No mesmo instante senti uma ponta afiada no meu queixo.

– É mesmo? – me dizia o Zezinho do Caixote, brandindo uma espada. – A diretora me disse para procurar vocês. Parece então que são mesmo nulidades, hein?

Tentei engolir em seco, mas a espada no meu queixo tornava difícil até respirar.

– Seres inferiores merecem apenas a morte – continuava Zezinho. – E agora vocês vão encontrar seus destinos...

Domi estava paralisado ao meu lado, sem ousar fazer nada, nem responder, com medo de que aquele pinel enfiasse de vez a espada.

– O que você vai fazer, cara? – disse eu. – Você não pode nos matar. Meus pais dariam queixa. A polícia acabaria descobrindo...

Zezinho estalou a língua.

– Nah, nah. Sabe quantos alunos morrem diariamente nas escolas? Acidentes acontecem...

A porta da classe então se abriu. Na mesma hora Zezinho abaixou a espada e recuou assustado. Lá estava a professora Maura, com outro medalhão estendido.

– Josefel Júnior! Acho que você está atrasado para a próxima aula – disse ela.

(Josefel Júnior? Isso é nome? Acho que até Zezinho do Caixote era melhor...)

O moleque mostrou os dentes e bufou, se afastando.

– Eu voltarei! – gritou ele.

– Claro que voltará – disse a professora. – Com as suas notas, você volta com certeza para o segundo W no ano que vem.

Explicamos toda a situação para a professora Maura, que ficou nos observando em silêncio, sem mostrar nenhuma reação em seu rosto sem sobrancelhas. Quando terminamos, ela balançou a cabeça.

– Hum, eu achava mesmo que a diretora estava forçando a barra, agora tenho certeza.

– O que quer dizer, "forçando a barra"? Ela está matando gente! E transformando alunos em monstros! – disse Domi.

– Sim, sim, isso, Tommy.

– É Domi – corrigiu ele.

– Na verdade, isso acontece há muito tempo – ela continuou a explicar. – Mas costumava ser natural, conforme o aluno ia estudando aqui. Agora ela parece estar querendo acelerar as coisas, entregar o máximo de almas possível para o Inferno. Deve estar desesperada porque não tem entrado muitos alunos neste colégio, e a turma quase toda já foi transformada...

Então perguntei mais sobre tudo aquilo. Afinal, o que deixava o colégio assim? Fora construído num cemitério indígena, num prédio assombrado, tinha um poço que o ligava direto ao Inferno?

– A diretora é a ligação – explicou a professora Maura. – Ela é a ligação do colégio com o Inferno. Ela fez um pacto, oferecendo a alma dos estudantes. Com essa abertura, os demônios se apossam dos alunos e tomam suas formas humanas, como lobisomens, vampiros, zumbis.

– Mas o que a diretora ganha com isso? – perguntei.

– Beleza? Juventude eterna? Essas tolices. Sabe, Samanta sempre foi muito vaidosa...

– É "Samantha", com "H" – corrigiu Domi.

– Ahhhhh, isso é invenção dela, coisa de numerologia – explicou a professora. – Mas ela sempre foi muito superficial. Desde quando EU era aluna daqui.

– Você foi colega dela aqui? – perguntou Domi. – Com todo o respeito, você me parece BEM mais velha que a diretora Samantha.

– Não. Ela também foi minha DIRETORA – a professora Maura respondeu.

Putz, aquilo sim era impressionante. A diretora Samantha tinha idade suficiente para já ter sido diretora da professora Maura? Então estava tudo explicado. Os demônios estavam mesmo fazendo um belo trabalho mantendo-a jovem e gostosa. A diretora tinha bons motivos para fazer tudo o que estava fazendo, eu precisava admitir.

– E quanto à gente? – perguntei. – Afinal, a gente está amaldiçoado, também foi entregue aos demônios?

– Hum... – a professora ponderou por alguns segundos. – Vocês são iniciados sexualmente?

Pffffff, mais uma. Eu assenti. Domi também. Olhei para ele, que deu de ombros:

– Se é que vale troca-troca... Me expulsaram do colégio antigo por isso.

– Então vocês estão a salvo. São o que os demônios chamam de nulidades. Eles só aceitam almas virgens.

Ahhhh, ótimo. Pelo menos uma vez minha vida sexual me salvava.

– Mas isso não quer dizer que não carregam a maldição... – acrescentou a professora.

– Como assim? – Domi perguntou.

– Como eu disse, a diretora está forçando a barra. Vocês foram mordidos porque ela está tentando desesperadamente conseguir novas almas. Não vão se transformar, mas carregam a maldição, como um vírus latente. Pode eventualmente ser transmitido...

Transmitido? Ah, maravilha. Então eu não ia virar lobisomem. Mas se algum dia quisesse ter filhos, ia gerar uma ninhada de cachorros?

Cachorros...

Na mesma hora, me lembrei de algo terrível.

– Eu também posso transmitir a maldição numa mordida? Digo, se algum cachorro me mordesse, ele poderia se transformar?

– Bem... Se fosse um cachorro virgem...

Virgem Maria! O cachorro da Brigitte! Eu não iria virar lobisomem, mas conhecia outro Ludo que poderia. Eu precisava sair correndo para lá e avisá-la.

– Preciso sair urgentemente daqui! Pode me ajudar? – Com certeza a diretora estava à nossa procura, Zezinho do Caixote iria avisá-la. E não seria tão simples sair pelo portão da frente.

A professora Maura me jogou um medalhão.

– Pegue um desses. Vai protegê-los.

– Quantos destes você tem? – perguntei intrigado.

– Vários. Eu mesma faço.

8

O que aconteceu de fato, eu só posso imaginar. Minha vizinha Brigitte sentada no banheiro, só de calcinha e sutiã, recém-saída do banho, toda perfumada, passando creme nas pernas... (Pô, se é para eu imaginar e narrar aqui uma cena que eu não vi, melhor me esforçar para tornar a cena a mais deliciosa possível, né?) Brigitte tentou relaxar no banho – pensando na tarde maravilhosa que tivemos, hehehe –, mas só ouvia os rosnados e latidos do cachorro no quintal lá embaixo. Agora que ela passava creme nas pernas, ele continuava, e já estava dando nos nervos.

– Ludo, fica quieto!!!

Cachorro esquisito. Ela precisava urgentemente arrumar uma cadela para ele cruzar. Ou então castrar o bicho de uma vez. Ela devia, sim, ter feito isso há muito tempo. Mas cuidaria disso depois, agora estava atrasada para a faculdade.

Enquanto vasculhava o armário procurando uma roupa, continuou ouvindo os rosnados do cachorro, então um estrondo, barulho de vidro quebrando. E silêncio.

– Ludo, minha Nossa Senhora! O que deu em você hoje?

Já bem preocupada, Brigitte vestiu uma blusa, saia e desceu as escadas. Ainda se ouvia barulho de vidro.

– Ludo!!!

Ao chegar lá embaixo, silêncio. Brigitte caminhou cautelosa e viu a janela que dava para o jardim quebrada. Oh-oh, aquilo não estava nada bom. O cachorro era meio surtado, isso ela já sabia, mas quebrar a janela era demais. E se houvesse outro invasor na casa...

Brigitte foi até a lareira e pegou um espeto.... Não, acho que a casa dela não tem lareira. Putz, não sou muito observador nessas coisas. Então ela pegou uma vassoura, sei lá, e ficou de ouvidos atentos, sussurrando:

– Ludo... Ludo?

Ouviu um rosnado alto atrás do sofá. Caminhou lentamente até lá:

– Ludo? O que está acontecendo com voc...

Antes que pudesse completar a frase, o cachorro saltou de trás do sofá, totalmente transformado. Estava maior, com olhos vermelhos, os dentes mais longos, e ainda mais desgrenhado. Pulou sobre ela, que conseguiu se defender com o cabo de vassoura entre os dentes dele:

– Ludo! Ludo, pare, sou eu!

O cabo se quebrou. E Brigitte ficou apenas com um toco afiado em mãos. Empurrando o cachorro para o lado, ela correu até a porta. Ele veio em seu encalço. Antes que ela pudesse encontrar as chaves, o cachorro saltou novamente. E ela cravou o pedaço do cabo de vassoura em seu peito.

O cachorro veio ao chão.

Vendo o animal caído, Brigitte também desmontou. Sentou-se no chão, encostada na porta, chorando. Pobre Ludo, ela nunca imaginou que a falta de sexo poderia fazer isso com ele. As lágrimas só não escorriam fartas porque ela tentava recuperar o fôlego. Ficou alguns minutos jogada lá, tentando se acalmar, então se levantou e foi até o telefone.

– Papai – disse entre soluços –, é o Ludo. Ele me atacou... Não sei o que houve com ele, deve ter contraído raiva... Não, não, eu acabei matando-o... – E virou-se aos prantos para olhar o cachorro morto na sala.

Mas onde estava o cachorro?

No chão da sala, apenas uma poça de sangue.

O pai de Brigitte falava do outro lado, mas ela não ouvia, intrigada com o paradeiro do cachorro. Largou o telefone e deu alguns passos, apreensiva.

– Ludo?

A resposta veio rápida, por trás dela, um rosnado e um salto.

Quando cheguei ao portão da casa da Brigitte, o pior já tinha acontecido. Havia uma ambulância estacionada, policiais e meia dúzia de curiosos. Tentei ver se tinha sinal da minha vizinha em algum lado, chorando desconsolada, deitada numa maca, mas ela não estava à vista e a ambulância se encontrava fechada, os médicos conversando com os policiais.

– O que houve?

O policial me olhou com desprezo.

– Ataque de cachorro.

Isso eu já sabia. Mas e Brigitte, como estava? Onde estava?

– A minha vizinha... está bem?

O policial então me encarou com um pouco mais de consideração, medindo as palavras.

– Você a conhecia?

Não, não, ela era minha vizinha, a gente só trepou no dia anterior, mas eu nem sabia direito quem era ela. (Claro que eu não disse isso.)

– Sim, era minha vizinha... amiga... conhecia ela de vista.

O policial balançou a cabeça.

– Desculpe, moleque. Ela não sobreviveu.

Não, não. Que merda! Aquilo não podia estar acontecendo. A culpa era toda minha, eu sabia. Se aquele cachorro não tivesse me mordido...

– E o cachorro? – tive de perguntar.

– Foi sacrificado – disse o policial. – Estava fora de controle. Estamos só esperando o centro de zoonoses vir retirá-lo lá do quintal.

Oh-oh. Então o Ludo do mal ainda estava lá, no quintal. Não é preciso ser um especialista em filmes de terror para imaginar que os policiais deram uns tiros nele, ele ficou caído no chão e eles o deram com morto. E não era preciso ser especialista também para saber que o cachorro ficaria um tempinho deitado lá, e quando a gente menos esperasse, levantaria novamente, atacando quem estivesse pela frente. Eu tinha de dar um jeito nisso.

Agradeci ao policial e fui caminhando lentamente para a entrada da casa. Havia outro policial no portão, e dificilmente me deixaria entrar. Aquela era uma cena de crime, ou de acidente, fatalidade, sei lá. (Como se enquadraria tecnicamente um ataque de lobisomem?) Então me virei para o sujeito que guardava a entrada.

– Você é o Silva?

O policial levantou o olhar.

– Sim?

– Estão te chamando lá na ambulância.

O policial Silva saiu numa corridinha, deixando o portão livre. Não que eu soubesse o nome dele – belo chute, o meu; sou o cara, diz aí? Mas, também, a probabilidade de alguém ter "Silva" no sobrenome, neste país, não é das menores.

E lá estava eu dentro da casa – estava uma zona, toda revirada, telefone no chão, sofá rasgado. (É, não havia lareira, confirmei.) Perto do telefone, notei manchas de sangue. Que merda, que merda! Aquela coisa toda de garotos malditos, colégio amaldiçoado já fora longe demais; não tinha graça. Gente estava morrendo. Muita gente. E agora era culpa direta minha. Eu precisava dar um jeito nisso. A começar pelo cachorro.

Fui para a cozinha. A regra básica era que lobisomem só se mata com prata, e eu esperava que essa regra, pelo menos, fosse verdadeira. A questão é que esses demônios todos já estavam tomando muitas liberdades – lobisomens que se transformam a qualquer hora do dia, bebendo energéticos; vampiros que saem por aí no sol, usando protetor solar. Eu queria era voltar à realidade dos filmes clássicos de terror. Ou talvez fosse hora de mudar de gênero. Quando aquilo tudo acabasse – se é que acabaria –, eu só iria assistir comédia romântica.

(Ei, isso não é uma promessa, não. É brincadeira, tá?)

Zanzava pela cozinha procurando algo de prata que eu pudesse usar. Achei um faqueiro rapidinho – mas só tinha colheres, garfos, facas sem ponta. Abri os armários, gavetas. Encontrei um bule. Será que adiantaria eu bater na cabeça do cachorro com um bule de prata? Nah, melhor usar o garfo. Tirei um garfinho mequetrefe do faqueiro, era a melhor coisa que eu tinha.

Fui para o quintal. Lá estava o cachorro, caído no chão. Parecia mortinho, mortinho, mortinho da Silva, para citar o policial lá fora. Hahá. OK, não é hora de piadas. Mas o cachorro parecia morto mesmo. Talvez não precisasse de prata, de balas de prata, talvez esses lobisomens verdadeiros – ou esses lobiscachorros – fossem mais bagaceiros mesmo, morressem com uns tiros quaisquer. Beleza. Melhor assim.

Mas não. Antes que eu pudesse relaxar, o cachorro abriu os olhos e deu um salto em minha direção.

Eu devia ter esperado por aquilo, mas confesso que levei um baita susto. Enfiei o garfo de prata direto no olho do bicho, e dava para ver que o troço funcionava de fato. Saía fumaça, e o bicho se debatia. Eu fiquei lá, rodeando o cachorro, tentando arrancar o garfo do olho.

Quando consegui, espetei de novo, na jugular. Cachorro tem jugular? Desculpa aí, mas nunca fui muito bom em biologia, e você sabe bem que não estava aprendendo muita coisa no colégio atual. Bem, enfiei o garfo no pescoço do sarnento. E ele estrebuchou ainda mais, soltava fumaça como se estivesse pegando fogo, então caiu de novo no quintal.

Bem, agora acho que morreu de vez, né?

Tirei o garfo e dei mais umas espetadinhas, só para ter certeza. E a cada espetada o cachorro estrebuchava mais um pouquinho. Só parei quando ele parou também, de vez. Agora acho que foi. Já devia ter prata suficiente no sangue. Putz, se eu estudava num colégio de monstros, podia pelo menos ter aulas que ensinassem sobre essas coisas, né?

Mas, beleza, eu era um autodidata. E já sabia o que fazer. O cachorro estava acabado. Aquele elo da maldição tinha sido rompido. Se bem que... Será que eu não deveria queimar o corpo? E se ele fosse enterrado? E os vermes que se alimentassem dele? Vermes virgens, virariam "lobisvermes"? E as moscas? "Lobismoscas"? Nah, quanta bobagem. Se fosse tão fácil assim, o mundo inteiro já estaria perdido. (Bem, segundo minha falecida vozinha, o mundo *estava* mesmo perdido.)

Achei melhor parar de devaneios e sair dali antes que a polícia encrencasse comigo. Porém eu ainda tinha uma questão séria... O cachorro havia mordido minha vizinha

Brigitte. E, se ela não estava mortinha da silva, teria de levar umas espetadas de prata para descansar em paz.

Quando saí da casa, o Silva já estava de novo em seu posto.

– Ei, moleque, você não podia ter entrado aí. É cena do crime!

– Putz, foi mal – enrolei. – Eu só queria dar os pêsames pra família. Mas não tem ninguém lá dentro.

– Vai, vai andando – me disse, irritado.

Eu saí andando como quem não quer nada, em direção à ambulância. Um policial e um enfermeiro conversavam em frente a ela. Aquilo seria mais difícil. Fui chamando num tom moderado de voz.

– Ei, Silva... Santos... Almeida... Ferreira...

Quando ouviram "Ferreira", os dois viraram o olhar para mim e disseram ao mesmo tempo.

– Oi?

– Hum, vocês dois são os Ferreira, né? – perguntei, dissimulado.

– Eu sou Antônio Ferreira – disse o policial. – E eu sou Eduardo Ferreira – completou o enfermeiro.

– Bem, pediram para eu chamar urgente o "Ferreira" para dar uma olhada na casa. Parece que tem mais um corpo...

Eu nem terminei de falar e os dois Ferreiras saíram correndo de lá. Beleza. Agora a ambulância estava toda para mim.

Hesitei por um segundo em abrir a porta, mas só por um segundo. Eu não teria muito tempo, era melhor parar com frescura.

Foi só abrir para dar com o corpo.

Cara, eu já havia visto todo tipo de coisa funesta em filme de terror. Gente sem cabeça, empalada, partida ao meio, zumbis apodrecendo... bem, zumbis apodrecendo tinha até na minha escola. Mas ver assim, ao vivo, o corpo da minha vizinha, com quem eu havia trepado ainda ontem... Segurei uma ânsia de vômito. O corpo estava todo dilacerado, mordido, mastigado, com marcas de arranhão no rosto, nos braços, onde eu podia ver. Parecia mortinha, mortinha, mas eu precisava ter certeza. Tudo bem que ela estava longe de ser virgem – pelo que me dissera a professora Maura, ela não iria mesmo se transformar. Mas eu não podia correr riscos. E se sexo com camisinha não contasse como sexo de verdade para o Inferno? Não se podia esperar que os demônios tivessem bom-senso. Eu não sabia até onde ia a experiência sexual da Brigitte. E a última coisa que eu queria ver era minha vizinha toda arregaçada, levantando-se da maca, virando um lobisomem, ou uma lobismulher zumbi. Aliás, será que mulher vira lobisomem, ou é uma coisa só de homem mesmo? Bem, se cachorro se transforma... Eu pensava nessas coisas, tentando enrolar para não espetar o corpo. Eu precisava fazer isso, espetar o corpo, me certificar de que estava morto. Tirei o garfinho de prata do bolso e me aproximei.

Putz, que nojo; segurei de novo a ânsia de vômito. Então dei uma espetadinha de leve com a ponta do garfo na perna da Brigitte. Nada. Ela não se mexeu, não estrebuchou, não se levantou do mundo dos mortos. Era isso, né? Bem, melhor ter certeza mesmo. Dei mais uma espetada. Nada. Então resolvi acabar logo com aquilo e dei uma bela espetada com o garfo no peito da minha vizinha. Pronto. Ela estava morta de fato, não ia levantar como lobismulher. Era tirar o garfo e sair dali correndo.

Mas aquilo foi mais difícil do que eu pensei...

Tinha enfiado o garfo muito fundo, espetado no peito da Brigitte. Puxei com força, vamos, vamos... Com um puxão mais forte, o garfo se soltou. Ufa!

Quando olhei para o lado, os dois Ferreiras olhavam para mim.

– Que porra você pensa que está fazendo?!!!

9

Minha mãe fechou a porta para o policial e caminhou até mim, com uma expressão mais cansada do que zangada. Meu pai também me olhava confuso, sentado na poltrona de couro da sala, coçando a barba. Eu estava lá de pé, depois de ouvir um belo sermão do policial e toda conversa dele com meus pais. A coisa não parecia nada boa. Finalmente minha mãe soltou um suspiro e disse:

– Não sei mais o que fazer com você, Ludo...

– Mãe... – comecei, mas parei. Não sabia o que dizer para ela. Que fui pego espetando um garfo na minha vizinha morta para me certificar de que ela não iria virar lobisomem? É, era a única explicação possível. Ou isso ou eles iriam achar que eu era um tarado, necrófilo, psicótico.

— Mãe, eu tinha motivos...

Ela pôs as mãos na cintura.

— Que motivos, Ludo?! Que motivos alguém pode ter para um comportamento desses?

Olhei para ela, olhei para o meu pai e imediatamente me veio uma ótima desculpa:

— Na verdade, era curiosidade. Estou pensando em prestar vestibular para medicina no ano que vem... Mas não sei se levo jeito. Quero dizer, eu nunca tinha visto um cadáver antes, assim, ao vivo. Nos filmes é diferente. E eu não sabia se teria coragem de trabalhar com defuntos nas aulas de anatomia, sabe? Então fui dar uma olhada, ver se eu vencia a barreira...

A expressão de minha mãe agora era só de revolta.

— Ludo, não me venha com essa, você é idiota?! Que espécie de médico pretende ser, espetando um corpo com um garfinho de sobremesa?!!!

Meu pai então levantou e balançou a mão para minha mãe se acalmar.

— Ele só estava curioso, querida. Meio bizarra essa forma de resolver a curiosidade, mas... — Olhou para mim com um meio sorriso. — Medicina, hein?

A coisa estava ficando cada vez pior. Eu andava de um lado para o outro no meu quarto tentando pensar numa maneira de sair desse pesadelo. Havia gente morrendo. Muita gente. E eu agora estava com aquela maldição no sangue, que não me transformaria num lobisomem, mas que colocaria em risco qualquer um à minha volta. "Como um vírus latente", me disse a professora Maura. Que merda.

Nos filmes de lobisomem, a maldição é quebrada quando o lobisomem que o infectou é morto. Nesse caso, eu teria de dar cabo do Lupe. Eu teria prazer em levar meu garfinho de prata e espetar no olho dele... Mas isso não resolveria as coisas, ainda haveria uma escola inteira de demônios, e certamente eles ficariam no meu encalço.

E quanto à diretora? Será que ela não seria a solução? Ela é quem tinha o elo com os demônios, de repente só era preciso acabar com ela para livrar todo mundo.

Putz, no que eu estava pensando? Matar a diretora, matar meus colegas... Eu preferia pensar que isso tudo era psicose induzida pelos filmes que eu assistia, mas não era.

Então meu celular tocou. Olhei no visor: Camila. Afe, não estava com saco para discutir com ela, aquela traíra. Mas acabei atendendo.

– Ludo... – disse uma voz fraca, gemendo do outro lado... – Por favor... me ajude...

10

Para minha surpresa, quando cheguei à casa da Camila, foi a mãe dela, dona Lucinha, quem abriu a porta.

– Ludo, que bom que veio. Camila não está nada bem.

Não, não estava. Estava com o diabo no corpo. E eu me perguntava se a mãe dela acreditaria nisso. Eu precisava ter algum adulto do meu lado. Alguém além da professora Maura, digo. Será que nenhum pai daquela escola conseguia perceber o que estava se passando com seus filhos?

Quando entramos no quarto da Camila, ela estava saltando na cama, se debatendo, totalmente possuída.

– Sua nulidade! Vamos enforcar você nas suas próprias tripas!! – gritou ela.

A mãe da Camila me olhou constrangida.

– Desculpe, Ludo. Eu não sei mais o que fazer. Ela estava passando mal, já veio um médico... E ela queria muito te ver...

Meio para deixar claro que ela estava mesmo passando mal, Camila despejou um vômito verde na nossa direção. Já esperando por isso, dei um pulo para trás, puxando a mãe dela.

– O médico não soube me dizer o que há de errado. Nenhum médico consegue dar um jeito nela... – resmungava a mãe.

– O capeta é que dá um jeito em mim! – gritava Camila.

OK. Chega de hipocrisia e dissimulação. Nenhum pai quer admitir que seu filho é o diabo encarnado, mas aquilo já estava indo longe demais.

– Bem, dona Lucinha, a história é muito simples. Sua filha está possuída pelo demônio, só isso – expliquei.

A mãe da Camila me olhou desconsolada.

– Ludo, isso é loucura, estamos no século XXI...

Mas convencê-la não foi nada difícil, porque logo em seguida Camila começou a levitar sobre a cama.

– Se você tiver uma explicação melhor para isto... – disse só de pirraça.

A mãe da Camila olhava boquiaberta a filha, levitando a quase um metro do colchão. A cama começou a chacoalhar, as gavetas dos armários se abriram, a porta do guarda-roupa. Um vento frio corria por todo o quarto.

– OK, isso já passou dos limites... – disse eu.

Tirei o medalhão do bolso e avancei até Camila; ela subia cada vez mais, mas eu encostei o medalhão no peito, fazendo-a descer lentamente até a cama. Ela se debatia, gritava, me arranhava. Crendiospaia, ainda bem que eu nunca tinha transado com ela, já dava para ter uma ideia bem sinistra do que aquela menina aprontava na cama.

O corpo foi abaixando, abaixando; Camila caiu sobre o colchão, debateu-se mais um pouco e logo pareceu cair num sono profundo.

Contei toda a história para a dona Lucinha na sala. Ela me serviu um daqueles refrescos vagabundos em pó, de pacotinho, que aceitei por educação. (Depois, se eu começasse a vomitar colorido, ela que não reclamasse...) Bem, frescuras à parte, ela foi bem legal e compreensiva. Tinha acabado de ver a filha levitando, afinal. Acho que era melhor para ela acreditar na minha história mesmo do que se basear apenas nos filmes pesados de possessão demoníaca. A filha dela pelo menos não estava sozinha.

– E agora, o que vamos fazer?

– Não faço ideia – respondi. – Acho que temos de dar um jeito de exorcizar aquela escola inteira.

Camila então desceu as escadas. Veio tímida, visivelmente envergonhada.

– Desculpe, Ludo, desculpe por tudo – disse ela assim que se juntou a nós.

– Tudo bem. – Eu não queria mais discutir com ela. O diabo é que a fazia agir daquela maneira, ela é quem mais sofria com tudo aquilo. Só queria que as coisas se ajeitassem entre nós e com toda a escola. Eu queria mesmo ajudá-la.

– Eu não sei mais quem eu sou, Ludo, eu não sei quem são meus amigos. Você é a única coisa real na minha vida...

Ela se encolheu soluçando e eu coloquei minha mão no ombro dela.

– Ei, ei, não fica assim. A gente vai dar um jeito. – É, eu tinha de admitir, eu estava apaixonado.

– Como uma diretora consegue entregar a alma de todos os alunos para os demônios? Isso é absurdo – disse dona Lucinha.

Eu dei de ombros, abraçando Camila. A mãe dela então se levantou correndo e saiu da sala.

– O que foi, mãe? – gritou Camila enquanto dona Lucinha entrava no escritório.

Voltou segurando um documento. Sentou-se novamente no sofá, inspecionou o papel por uns instantes e exclamou:

– Não acredito!

– O que foi? – Camila perguntou outra vez.

Dona Lucinha leu um parágrafo do documento: "*Os pais concedem à direção do colégio total autoridade na educação do aluno, nos níveis curricular, moral, ético e espiritual, para formação de seu caráter, personalidade e transcendência, seja nesta vida e nas próximas que se seguirem...*" A mãe de Camila estava estupefata.

– Eu não acredito que eu assinei isso!

Eu também não. Aquele era o contrato que os pais assinavam para matricular o filho no colégio?

– Em outras palavras, quer dizer que você assinou um documento autorizando a diretora a negociar minha alma? – disse Camila.

– Todos os pais devem ter assinado... – argumentei.

– Mas esses contratos costumam ser padrão, eu jamais iria pensar que... Eu devia ter lido direito, devia ter contestado. Sou advogada!

Dona Lucinha jogou o contrato na mesa. Foi só então que eu reparei no jornal que estava lá.

– Mas isso é constitucional? – disse Camila. – A diretora pode fazer isso?

Dona Lucinha deu de ombros.

– Constitucional não é, mas estamos falando de demônios...

Eu continuei olhando o jornal na mesa. Peguei para ver direito. Estava começando a formar uma ideia...

– Mas se as almas dos alunos forem entregues a Deus... Se o colégio inteiro for batizado... – cogitei.

– Seria como um exorcismo em massa? – a mãe de Camila perguntou. – Pode funcionar.

– Mas a gente nunca conseguiria levar um padre para lá – disse Camila.

Eu então mostrei o jornal para elas. A manchete dizia: "O assassino Dudu Come-Come ganha liberdade após dez anos de prisão."

– A diretora Samantha é fã desse cara... Não viu os recortes de jornal na sala dela?

Camila e a mãe continuavam me olhando sem entender nada. Mas a ideia ia fermentando na minha cabeça. Porque o serial killer Dudu Come-Come, muso da diretora, acusado de matar e cozinhar mais de trinta crianças, era sósia cuspido e escarrado do padre Fábio Júnior.

11

O plano estava traçado... mais ou menos. Era levar o padre Fábio Júnior para realizar um exorcismo em massa no colégio. Além disso, era necessário destruir as vias dos contratos da diretora, para evitar que os demônios voltassem a tomar conta dos corpos dos alunos. Fácil fácil. Era só convencer o padre Fábio Júnior a ir ao colégio, à paisana; convencer a diretora de que ele era o Dudu Come-Come, que ia dar uma palestra por lá; e enquanto isso entrar escondido na sala da direção, roubar os contratos e queimá-los. Sopa no mel.

– Não sei, Ludo, essa ideia é meio absurda – disse Camila. E era mesmo, claro que era. Mas tinha alguma melhor?

Estávamos os quatro reunidos na casa dela: eu, ela, Domi e dona Lucinha. Ninguém botava muita fé no plano, mas também ninguém vinha com ideias para aperfeiçoá-lo.

Camila estava mansinha mansinha, com o medalhão preso no próprio peito. Teria de deixá-lo lá, ou o demônio poderia voltar a seu corpo e ela se tornaria uma espiã dentro do grupo, entregando todo o plano à diretora. Ela é que teria de vender a ideia da palestra com Dudu Come-Come para a diretora Samantha, aliás. Eu e Domi éramos considerados nulidades, não havia como convencer a diretora de nada.

– Eu posso tentar convencer o padre – disse Domi. – Ele tem essa coisa de levar a palavra de Deus aos jovens, não deve ser difícil levá-lo para a escola...

– Sei, sei, você está mesmo ansioso para encontrar ele de novo, né, Domi? Olha, cuidado que a lenda diz que quem se apaixona por um padre vira mula sem cabeça! – caçoei.

OK. Podia até ser fácil levar o padre à escola; mas será que ele sairia de lá inteiro? Não há reza suficiente que salve alguém de um colégio inteiro de moleques enfurecidos. E, se os colegas não dessem cabo dele, a diretora daria.

– Temos que acreditar que vai dar certo – disse dona Lucinha. – Esse é o trabalho do padre, salvar as almas perdidas.

Enquanto Domi tentasse convencer o padre Fábio Júnior a ir ao colégio, eu pensaria numa fantasia para conseguir voltar lá. Precisaríamos de uma boa maquiagem para passar por garotos malditos. Mas, se Joel conseguiu voltar lá vestido de palhaço assassino, por que não conseguiríamos?

Jantava com meus pais, num silêncio sinistro. O clima era tão sinistro, aliás, que comíamos uma lasanha congelada, pois meu pai não estava com ânimo de cozinhar. Eu havia escutado os dois discutindo por minha causa na noite passada. Minha mãe acusava meu pai de ser condescendente demais com todas as minhas cagadas, incluindo espetar o corpo da vizinha com o garfinho de sobremesa.

– O problema é que você acha bonito ele ser rebelde – ela o acusava –, e pouco a pouco ele está virando um psicótico!

– Querida, que absurdo! Você está exagerando...

– Eu sou psiquiatra, eu sei quais são os indícios!

E minha mãe ficou lá, listando os primeiros sinais de alerta que formam a personalidade de um psicopata. Putz, que merda.

Agora, durante o jantar, o clima entre os dois era péssimo, e em relação a mim então nem se fala. Eu estava numa bad completa, nervoso, ansioso, me borrando de medo do que iria acontecer na escola quando a gente tentasse exorcizar os demônios. Ensaiei diversas vezes contar tudo aos meus pais, eu precisava de uma força, mas ia ser difícil eles acreditarem naquilo tudo – iam achar que eu havia me tornado psicótico de vez. Além do mais, era mais seguro para eles não saberem de nada. Aquela diretora, sim, é que era psicopata, e se minha mãe tentasse enfrentá-la de novo, a coisa ficaria feia.

Não, eu já tinha a ajuda da dona Lucinha, da Camila, do Domi, até da professora Maura. Era melhor deixar meus pais fora disso.

Então o silêncio do jantar foi quebrado pelo meu celular tocando. Domi. Pedi licença para atender.

– Ludo, estamos jantando! – disse minha mãe ríspida.

– Só um segundo, é sobre um trabalho para a escola – eu disse já levantando e saindo da mesa. Me afastei ouvindo meus pais discutindo que "agora ele tem esses amigos estranhos que ligam a qualquer hora" e "finalmente ele tem amigos; está apenas agindo como um adolescente normal, querida". Atendi na porta do meu quarto.

– Diz aí, Ludo, eu sou foda mesmo! Consegui convencer o padre Fábio Júnior a ir à escola!

OK, eram boas notícias... acho.

– Bacana, Domi. Agora é literalmente rezar para que o plano dê certo.

– Claro, até porque tudo vai ser exibido em rede nacional...

– O quê? Como assim?

Então Domi me explicou. Conseguira convencer o padre Fábio Júnior, mas a condição que o padre impôs foi levar junto uma equipe de TV, para gravar e exibir num programa de domingo a missão dele levando a palavra de Deus aos jovens.

– Puta merda, a gente não pode fazer isso, Domi, você não podia ter topado...

– Era a única forma, Ludo. Ele estava lá com uma equipe de TV, pra variar. E o único jeito de ele topar a parada era esse.

– Domi, vai dar merda, vai dar merda. Imagina levar uma equipe para registrar o exorcismo...

– Não, pensa bem, Ludo. De repente é uma segurança a mais. A diretora não vai poder fazer nada contra o padre se tiver uma equipe gravando.

É... fazia sentido. Acho.

– Conseguiu que ele fosse à paisana, pelo menos?

– Isso foi o mais fácil – respondeu Domi. – Ele disse que isso aproxima os jovens da religião, quebra a postura rígida e conservadora da Igreja.

Sei, sei, acho que ele ia à paisana porque tinha patrocínio de uma grife de roupas.

12

Estávamos sentados no auditório, o colégio todo, esperando o padre Fábio Júnior chegar com Domi. A diretora Samantha estava nervosa, andando de um lado para o outro, próximo ao palco, mais emperiquitada que de costume. Estava crente de que teríamos uma palestra com Dudu Come-Come, que ele contaria a todos, em detalhes, como matara e comera quase quarenta crianças, e, principalmente, como conseguira depois disso ser libertado da prisão. É, minha diretora por certo tinha muito a aprender com ele.

Eu estava lá, com uma maquiagem bem vagabunda de zumbi, o rosto sujo, olheiras pretas pintadas, sangue falso manchando a boca, uma mochila bem detonada, vestindo minha camiseta e jeans mais rasgados.

– Não acredito que você conseguiu entrar no colégio vestido deste jeito – disse Camila ao meu lado, rindo. – Você está parecendo um caipira de festa junina.

A professora Maura não estava em nenhum canto à vista. Queríamos contar com a ajuda dela no plano todo, ela é quem sabia mais sobre aqueles contratos com os demônios, mas não conseguimos entrar em contato com ela. Teríamos de nos virar sozinhos.

Então ouvimos o burburinho no auditório, a diretora ajeitando o vestido. O padre Fábio Júnior chegava ao auditório, à paisana, com Domi, o padre Velhinho e uma equipe completa de TV: dois cameras, repórter, produtor, operador de som... A diretora imediatamente abriu um sorriso, corou as bochechas. Era a primeira vez que eu a via de alguma forma intimidada. Ela teria uma boa surpresa, isso sim. Deu uma corridinha até o padre, dois beijinhos no rosto e um selinho, que o pegou de surpresa. Ele e todos os outros pareciam constrangidos.

– Isso não vai dar certo... – eu disse meio para a Camila, meio para mim mesmo.

A diretora então os conduziu para cima do palco e se adiantou no microfone.

– Galerinha, bom dia!

Os alunos responderam com os gemidos de sempre.

– Hoje temos uma grande surpresa para vocês. Sempre preocupados em levar uma visão mais abrangente do mundo, discutir o que os outros colégios não discutem, trouxemos hoje aqui uma lenda desta cidade. Alguns de vocês podem se orgulhar de ter afogado seus cachorrinhos na pia de casa ou mesmo ter cegado o irmãozinho com um estilete, mas poucos trazem a vivência e a experiência de ter matado quase quarenta crianças!

OK, dava para ver nitidamente que o padre Fábio Júnior, o padre Velhinho e toda a equipe de TV, que por sinal já estava gravando, estavam bem constrangidos com aquele discurso. Eu só esperava que ele começasse a dar a palavra de Deus de uma vez e não tentasse ir embora dali. O padre Fábio Júnior fez menção de protestar. Então vi Domi puxando a barra da camisa dele e dizendo algo em seu ouvido. Beleza, parecia que Domi estava conseguindo segurar as pontas, por enquanto.

– Então é com orgulho que o Colégio Pentagrama traz a vocês o bizarro, o sinistro, o capeta em forma de pitéu, Dudu Come-Come!

O padre Fábio Júnior se adiantou ao microfone:

– Está havendo alguma confusão...

Camila me puxou num canto.

– Ludo, é melhor você correr para ir pegar os contratos na sala da direção. A coisa aqui vai ficar feia.

É verdade. Por mais que eu quisesse ver no que aquilo ia dar, era melhor eu seguir com a minha parte do plano enquanto a diretora estava ocupada.

Dei um beijo na Camila, que tirou o medalhão que estava preso a seu peito.

– Leve isso, como proteção. Se o exorcismo der certo, eu ficarei bem.

Assim que entrei na sala da diretora, ouvi a balbúrdia lá fora. Gritos, uivos, parecia uma guerra estourando no colégio. O exorcismo, ou alguma coisa parecida, devia ter começado. Que ideia eu tive, meu Deus, que ideia... Mas agora era melhor não pensar naquilo, e procurar os contratos que cediam as almas dos alunos aos demônios.

Fui até a mesa da diretora, abri a primeira gaveta. Maquiagem, escova, secador de cabelos. Nah, nada dos contratos. Abri a segunda gaveta: chicletes, revistas de fofocas, até um vibrador, nada que chegasse perto de documentos de uma escola. Fui para o gabinete.

Puxei as gavetas. Estavam trancadas. Tirei a mochila das costas e revirei para ver se havia alguma coisa – clipes, estilete –, alguma coisa que eu pudesse improvisar como chave para tentar arrombar o gabinete. Nesse momento ouvi uma voz atrás de mim.

– O que uma nulidade como você está procurando por aqui?

Eu me virei. Era ele, Lupe.

– Estava de olho em você. Sabia que estava aprontando alguma para ter voltado aqui ao colégio...

Estendi o medalhão. Não ia adiantar muita coisa. Já estava mais do que provado que aquilo só incomodava os demônios, não era uma arma contra eles. Lupe sorriu sarcasticamente. Segurava uma latinha, dessa vez não era energético, era Coca-Cola. Deu um gole e um sonoro arroto.

– Energético funciona melhor – me disse, já imaginando o que eu me perguntava –, mas está caro pra caralho.

Não dá para ficar tomando energético todo dia. Coca-Cola dá pro gasto.

E começou a transformação. Os pelos iam crescendo em seu rosto, em suas mãos. Ele dava um gole na Coca, soltava um arroto e se transformava mais um pouco. Bem nojento...

Foi então que percebi algo novo. Ele não havia só trocado o energético por refrigerante, mas também havia trocado a camiseta dos *Toxic Avengers* por uma dos... *The Howling Ones*! Outra das minhas bandas favoritas! Aquilo me deu uma ideia...

– Lupe, espera, espera aí. Estou tentando salvar o colégio, livrar todo mundo da maldição, cara. Você não precisa ser lobisomem para sempre...

Ele abriu um sorriso.

– Eu gosto de ser lobisomem. E você só tem inveja porque é uma nulidade.

Eu balancei a cabeça. Lembrei-me da mãe dele buscando-o depois do acampamento, cobrindo-o de beijos. Por mais que fosse lobisomem, amaldiçoado, ainda devia ter um lado humano.

– Não, não, cara, pensa bem. Você não ia mais precisar esconder da sua mãe. Não ia mais ter de viver no armário...

Lupe deu mais um gole na Coca-Cola, sua boca começava a se projetar.

– Que mané armário? Que papo aranha é esse, moleque! Tá tentando me enrolar?! – E avançou um passo na minha direção.

– *The Howling Ones*! – gritei. – Eu também amo essa banda. Sabe que o show deles é na próxima sexta, né? Lua cheia. Vai poder ir?

Daí ele parou. Sua transformação se congelou por um instante, e começou a reverter.

– Você também gosta da *Howling Ones*?

Eu assenti.

– Já estou com o ingresso até. Aposto que você queria ir...

Ele me olhou por uns instantes, desconfiado. Seus olhos amarelados voltando ao castanho claro. Ele suspirou.

– Cara, adorei esse último disco deles...

Eu assenti.

– "Chewing Humans" é minha música favorita – acrescentei.

– E dos *Eraserlegs*, foi ao show? – perguntou ele.

Eu assenti novamente. Putz, Lupe podia ser um cão sarnento, mas tinha um puta gosto para música.

– O show tava vazio, na real – expliquei. – Meia dúzia de gatos pingados. Mas foi bom, porque vi colado no palco.

Ele abaixou a cabeça.

– Também não pude ir. Também caiu numa lua cheia...

Então a porta se abriu novamente, e entrou a professora Maura.

– Graças a Deus! – exclamei. Bem na hora. Se alguém podia dar um jeito no Lupe era ela.

– O que vocês dois estão aprontando aqui?

– Estou tentando livrar o colégio dos demônios. Vim pegar os contratos, mas o gabinete está trancado – expliquei.

Ela tirou uma chave do bolso.

– Eu cuido disso. – E caminhou até o gabinete. Destrancou de primeira uma das gavetas e tirou uma pastona de contratos.

– Putz, professora, você é demais. – Estendi a mochila para ela guardar a pasta. Lupe estava quietinho ao meu lado, só observando. – Arrumei uma advogada para anular estes contratos, a mãe da Camila – continuei a explicar. – É só destruirmos estas vias da diretora e ela não terá como contestar...

A professora Maura pode até ter aberto um sorriso, mas não dava para identificar exatamente no seu rosto sem expressão. Ela caminhou até a porta segurando os contratos, sem passá-los para minha mochila.

– Sinto muito, Pluto – ela não acertava mesmo meu nome. – Mas não posso permitir que um aluno entre aqui na direção e roube os contratos da escola.

O que ela estava dizendo?! Não era possível que viesse com aquele papo de professora naquele momento.

– A escola está sendo exorcizada, professora! Encontramos um jeito de destruir os planos da diretora. Você não está do nosso lado?

A professora então balançou a cabeça.

– A diretora estava mesmo forçando a barra, há muito que nós sabíamos disso. Meu patrão me colocou aqui na escola exatamente com esse propósito, averiguar direitinho tudo o que estava acontecendo.

– Seu patrão? – perguntei, já com medo da resposta.

– Satanás, é claro. Trabalho para o demo. Ou Dr. Satã, como o chamamos no escritório.

– Mas... – Aquilo não estava fazendo sentido. – Mas o medalhão, e tudo o que conversamos... você me ajudou!

Ela balançou a cabeça novamente.

– Não, VOCÊ me ajudou, Pluto, e eu agradeço. Entenda, o Inferno e a diretora têm um acordo, ela arruma almas virgens e o Inferno paga os tratamentos estéticos dela: plástica, botox, drenagem linfática. Hoje tecnologia funciona melhor que a feitiçaria, sabe? Mas o Dr. Satã gosta de tudo muito certinho, tudo registrado por escrito. O Inferno tem essa coisa com a burocracia. A diretora não estava seguindo à risca todos os trâmites, cada vez vinha com mais notas fiscais dos seus tratamentos, e mais almas de alunos. Estava exagerando um pouco – não é possível que haja tantos adolescentes virgens nos dias de hoje. O pessoal lá embaixo já imaginava que logo ia ter gente contestando os contratos, alunos querendo sua alma de volta. Por isso fui colocada aqui para averiguar como isso estava sendo feito, como ela lidava com os malditos e com as nulidades. Você me ajudou. Agora vou levar os contratos para uma auditoria, como o Dr. Satã me pediu. Essas almas ainda são propriedade do Inferno.

– Você me usou! – rosnei, frustrado.

– Não leve a mal, Pluto. É só o meu trabalho. Sabe como é, o Inferno é quem paga minhas contas. E minha quimioterapia. Preciso levar os contratos.

Lupe se adiantou.

– Não! Passa estes contratos pra cá. – E deu outro gole na Coca-Cola, ameaçando se transformar.

A professora teria franzido as sobrancelhas, se tivesse sobrancelhas.

– O que está dizendo, Pelu, achei que gostava de ser lobisomem...

– Meu nome é Lupe! – contestou ele, e deu de ombros. – E eu quero ir ao show do *Howling Ones* na sexta.

– Ahhhhh... – disse a professora, aparentemente decepcionada. – Mas de que adianta ir a um show quando se está surdo?

Lupe a olhou desconfiado.

– Surdo?

Imediatamente ela tirou um apito para cães do bolso. E soprou forte. Eu mesmo não ouvi nada, estava naquela frequência canina, mas Lupe se contorceu com as mãos no ouvido.

– Bruxa desgraçada!

Eu avancei para ela. Não podia deixar a professora Maura fugir dali com os contratos.

– Para você eu tenho isto aqui – disse ela, tirando uma daquelas buzinas de spray do bolso. Disparou a vuvuzela na minha cara.

Quando minha cabeça parou de zumbir e eu consegui me levantar, a professora já tinha sumido da diretoria.

Lá fora a coisa estava mesmo um horror. No pátio da escola, alunos corriam em todas as direções, como se fugissem do demo. Fugiam é dos padres, que realizavam o exorcismo no auditório. Dezenas e dezenas de moleques malditos estrebuchavam no chão, espumando pela boca. Lêoncio-Leonilson agora incorporava Michael Jackson em "Thriller", dançando feito um condenado, daí incorporava Jimmy Hendrix, Jim Morrison, David Bowie.

Um moleque saiu do auditório literalmente em chamas, combustão espontânea. Havia até uns três ou quatro que abriam longas asas de morcego, com chifres projetados na testa, e tentavam fugir de lá voando, mas batiam em árvores, em vidraças, como passarinhos trancados dentro de uma casa.

Eu torcia para que Camila estivesse bem. Mas tinha de encontrar a professora Maura antes que ela fugisse de vez. Aquela traidora. Eu corria para a saída do colégio, desviando de zumbis, de vampiros, desmontando esqueletos que tentavam me agarrar com suas garrinhas afiadas.

Domi saiu do auditório correndo também. Segurava a espada do Zezinho.

– Ludo, vamos cair fora daqui, a coisa está feia!

Eu ia avisá-lo sobre a professora Maura e os contratos, foi quando vi a diretora Samantha. Só de calcinha, sutiã, salto alto e... motosserra em mãos. Corria em direção ao auditório. Putzgrila! Meu palpite é que, depois que o exorcismo começou, os alunos devem ter aproveitado a balbúrdia para rasgar as roupas dela. E ela deve ter corrido para buscar aquela motosserra. Cacilda, não haveria reza que protegesse os padres daquilo. Eu precisava fazer alguma coisa.

– Domi, vai indo. Preciso cuidar da diretora.

Ele balançou a cabeça.

– Não, não, vem comigo, esses moleques estão descontrolados!

Não precisei argumentar muito com Domi. Logo surgiu Zezinho, totalmente possesso, correndo atrás dele. Os dois se afastaram rapidamente. E eu fui atrás da diretora.

– Dona Samantha! – gritei.

Ela se virou, me queimando com aqueles olhos de tigre.

– Você... Aposto que está por trás disto!

Eu assenti.

– Sim, sim, e estou com os contratos dos alunos – menti, dando um tapinha na minha mochila. – Não leve a mal, só estou fazendo isto pelos meus colegas. Também acho uma pena você perder essa bocada com o Inferno. Principalmente porque você está precisando de um bom tratamento pra celulite, hein?

A diretora Samantha deu uma olhada rápida na própria bunda – pura maldade da minha parte, ela era uma gostosa do capeta – e deu um grito de fúria, correndo com a motosserra em minha direção.

Beleza, consegui atrair a atenção dela, agora era dar o fora dali e afastá-la do auditório. Eu corria, pensando no que fazer com aquela doida atrás de mim. Na real, fugir dela era o mais tranquilo. Ela estava de salto alto, segurando aquele trambolho de motosserra, não ia lá muito depressa. Eu corria serpenteando pelas árvores da escola, até parando de vez em quando para que ela chegasse mais próximo, aproveitando para fazer pirraça:

– Lalalalá, você não me pega-a-a-a!

E tive uma ideia de onde levá-la. Continuei correndo entre as árvores, com a diretora me seguindo de salto e motosserra. Era bom que meu plano funcionasse, porque ela podia ser uma gostosa e estar só de calcinha e sutiã, mas ser fatiado vivo não fazia parte dos meus sonhos eróticos.

Cheguei à beira do laguinho. Tirei a mochila das costas. A diretora ainda levou um tempo para me alcançar. Veio esbaforida, ofegante:

– Eu te... eu te mato, moleque... – disse ela sem fôlego.

Estendi a mochila para o lago.

– Nem mais um passo ou eu jogo os contratos todos na água.

Ela comprimiu os olhos, intrigada. Então acenou com a mão para que eu esperasse um segundo. Desligou a motosserra.

– Assim está melhor, não estava conseguindo te ouvir. O que você falou, moleque?

– Pffff. – Balancei a cabeça. – Disse que vou jogar os contratos no lago! – E arremessei a mochila longe.

– Nãaaaaaaaaaaaaaaaaaaaao!!!! – A diretora largou a motosserra no mesmo instante, e correu para a água.

Devo dizer que era uma bela imagem para ficar de lembrança da delícia da minha diretora. Ela só de calcinha, sutiã e salto alto, toda molhadinha, entrando em saltinhos no lago, tentando alcançar a mochila que afundava. Mas não deu nem cinco segundos e lá estava ele, claro; o tentáculo do Berremoto emergiu da água, se enrolou na diretora Samantha e a puxou para o fundo. Num piscar de olhos ela desapareceu, gritando. Para um monstro acostumado a comer migalhas de pão e moleques tipo o Joel, a diretora deve ter sido um filezão.

Foi só então que me dei conta: putz, meu iPod, celular e carteira com dinheiro e documentos estavam na mochila. Merda!

13

Eu me olhava no espelho, espalhando a espuma branca sobre o rosto. Já estava na hora de fazer a barba – primeira vez. Os pelos se espalhavam cheio de falhas na
cara, e eu teria de esperar mais um pouco para deixar
um visu cafajeste de respeito – melhor voltar à carinha
de bunda de bebê por enquanto. Começavam a nascer
até mais pelos no meu peito, vi no espelho enquanto me
barbeava. É, a adolescência avançava mesmo a toda, eu
percebia. E agora eu não precisava temer que se tratas-
se de uma maldição. Por sinal, depois de ajudar a livrar
um colégio inteiro de demônios, eu devia estar abençoado

eternamente, tinha garantido meu ingresso VIP para o céu, diz aí? Será até que eu não iria virar santo? São Ludovique. Bem, santo tem de ser virgem, não é? Acho que virar santo é igual virar demônio, tem de ser virgem...

Enquanto eu me barbeava na frente do espelho, debruçado na pia, notei também que nasciam os pelinhos nas costas. Nas costas? Putz, aquele avanço da adolescência já estava meio bizarro. Pelos nas costas era um pouco demais. Fiquei num contorcionismo tentando ver direito. Sem dúvida, pelos nasciam nas minhas costas...

Então reparei nas minhas unhas. Estavam mais pontudas que o normal? Não, era só impressão... Não, estavam, sim, mais pontudas que o normal. O que estava havendo?

Olhei bem nos meus olhos no espelho. Estavam amarelados. Abri a boca. Os caninos mais compridos. Não era possível. O plano deveria ter dado certo. Nós deveríamos ter livrado todos da maldição. Como eu poderia estar me transformando?

Minhas orelhas começaram a crescer, se alongavam pontudas. A barba que eu acabara de fazer voltava a brotar no meu rosto. Eu estava me transformando num lobisomem naquele momento mesmo, no banheiro. Sem conseguir me conter, um rosnado escapou da minha garganta...

– Ludo, hora de ir pro colégio. – Minha mãe batia na porta do banheiro. Eu não podia responder. – Ludo, o que você está fazendo aí? Ludo?

Abri os olhos. Ufa. Apenas um sonho, mais um sonho. Eu estava na minha cama, sem mais maldições na minha vida. Passei a mão no rosto, a barba rala de sempre. Lobisomens, vampiros e zumbis voltavam a ocupar apenas meus sonhos e meus filmes clássicos. Beleza.

O rádio-relógio luminoso marcava dez para as sete da manhã. Num dia normal eu teria de acordar para ir ao colégio – mas um dia normal de escola era algo que eu não sabia mais se teria. Depois de expulso de um colégio e de ter matado a diretora de outro, para onde eu iria? Que colégio me aceitaria? Isso era algo que eu precisaria pensar mais cedo ou mais tarde. Teria de conversar com meus pais sobre isso, por mais que eles nunca fossem entender ou acreditar em tudo o que havia acontecido...

Eu tentava não pensar em nada disso e voltar a dormir. Tentava voltar a pegar no sono, olhando o luminoso do relógio, as luzinhas verdes de stand by do computador, da televisão, duas luzes verdes piscantes maiores... O que era aquilo? Foi quando ouvi um gemido...

Acendi a luminária no criado-mudo ao lado da cama, então eu a vi. Quase irreconhecível, no meu quarto, olhando para mim com olhos verdes, brilhantes, cheios de ódio e fome: a diretora Samantha, transformada num zumbi.

Ela avançava devagar para a minha cama, agora completamente nua, mas te digo que não havia delícia nenhuma naquela cena. Estava com a pele amarelada, cheia de feridas, furúnculos, babando uma gosma negra. "Sssssss", gemia ela.

– O quê? – perguntei. Tava meio difícil de entender o que ela tinha a dizer mesmo. Sssss? Devia ser "sssssilicone".

– Céeeeeeeeeeeeeeeerebro – repetiu ela.

Olhei rapidamente ao meu redor. Não havia nada ao meu alcance para me proteger. Nenhuma arma. A guitarra estava longe demais para eu dar uma guitarrada na cabeça dela. Aquela diretora desmiolada queria comer meus miolos, e avançava em minha direção.

– Céeeeeeeeerebro!

O pior era o cheiro de podre que vinha dela. O corpo já em decomposição, com vermes; belo fim para quem investiu tanto em plástica, botox e silicone. Em outros tempos, imaginar a diretora avançando para a minha cama poderia ter sido excitante, agora eu não aguentava nem olhar. Fechei os olhos por um instante.

– Céeeeeeeeeeeeeeeeerebro!

Então ouvi um som de queda. Abri os olhos. O corpo da diretora caía para um lado, a cabeça para o outro, ainda balbuciando:

– Ccccccccccc...

Atrás dela, Domi aparecia, com a espada do Zezinho em mãos. Ao lado estava Dante, seu namorado ex-vampiro. Domi abriu um sorriso.

– Viemos te buscar para ir para a escola. O colégio foi reaberto com uma nova diretora. Chegamos bem na hora, hein?

Assim chegamos ao final feliz. Ao menos por aqui, por enquanto. A escola foi exorcizada, OK, com todos os percalços. Eu pude conferir o ritual todo pela TV; é impressionante o que esse povo exibe num domingo à tarde. Na verdade, assisti mesmo porque queria ver os alunos rasgando a roupa da diretora, aquela cena eu não podia perder – ainda mais porque queria tirar a imagem dela de zumbi da minha mente. Sorte que meus pais não assistem à televisão aberta. Eles nem estavam em casa enquanto o programa passava, foram ver uma ópera no parque e voltaram discutindo que "era uma coisa bacana, democratizar a ópera, mas que não era uma ópera de verdade", blá-blá-blá, uma discussão elitista tão distante do exorcismo de uma escola exibido num programa de TV...

O exorcismo em si foi exibido como um programa dominical de péssimo gosto, e isso acabou tendo péssimas consequências. Longe de ser um alerta à sociedade de que "os demônios estavam entre nós", ficou mais claro que as redes de televisão podiam baixar cada vez mais o nível para conquistar audiência. Foi isso o que o grande público pensou. Quem comandou o ritual foi o padre Velhinho, ele parecia saber muito bem o que fazer, acabou batizando o colégio todo e exorcizando centenas de almas de uma vez só. O pobre padre Fábio Júnior ficou só de assistente, mas foi quem colheu os frutos mais amargos, coitado. Ele era a celebridade, né? E acharam que estava apelando, aparecendo na TV assim, no meio de um exorcismo, coisa de programa evangélico vagabundo. No fim, só contribuímos para que ele perdesse todo aquele estrelato. Mas de repente foi bom, né? De repente era disso que ele estava precisando para se redirecionar ao caminho do Senhor.

Domi e Dante me ajudaram a enterrar o corpo da diretora no jardim da minha casa. Foi um trabalho de cão, fodi com as plantas da minha mãe, e quando a gente estava quase terminando, minha empregada, a Antônia, veio ver o que estava rolando.

– O que você está fazendo, moleque?! Sua mãe vai matar você!

Olhei para Domi, constrangido.

– É... um trabalho de escola. De biologia. A gente está plantando umas... begônias. Vai ficar bonito, pode acreditar.

Antônia sacudiu a cabeça.

– Você que se explique com sua mãe, eu não quero nem saber...

É... Agora a gente ia ter de plantar umas begônias, seja lá o que fosse isso, e era bom que a coisa crescesse por lá. Será que o corpo da diretora Samantha seria um bom adubo? Melhor plantar uma dama-da-noite, ou uma trepadeira! Hahá.

Eu voltei para o Colégio Pentagrama, que não tinha mais os demônios, zumbis e vampiros de sempre, mas não deixava de ter garotos malditos. Para falar a verdade, a diferença do colégio depois de exorcizado não era lá tão grande; meus colegas continuavam sendo uns vagais, uma cambada de freaks, mas ao menos agora os professores se esforçavam para manter certa ordem, e passar algum conteúdo.

Devo dizer que não me tornei dos moleques mais integrados. Não deixei de ser visto como uma "nulidade" pela grande maioria dos meus colegas, mas tudo bem. Acho que no fundo eu gosto dessa aura de outsider. E eu tinha uma namorada – Camila – e bons amigos, o Domi, o Dante, até o Lupe...

Pois é, depois que o Lupe foi exorcizado por tabela no colégio, a gente até começou a estabelecer algo como uma amizade. Descobri que o nome verdadeiro dele era Luís Pedro – imagina só, baita nome de mauricinho. Fomos juntos ao show da *Howling Ones*. Por sorte ele não ficou surdo com o apito da professora Maura; tínhamos um gosto bem parecido para músicas, para filmes. E ele me apresentou umas bandas bem bizarras, coisas sinistras mesmo, do capeta. Eu fico até me perguntando se ele foi totalmente exorcizado... Mas o melhor de tudo é que ele toca bateria. Um batera animal para acompanhar minha guitarra, eu diria. Agora, acho que se encontrarmos um baixista que saiba cantar, a coisa pode dar certo.

– Que tal *Garotos malditos*? – sugeriu ele. – Bom nome pra uma banda, diz aí?

A professora Maura conseguiu fugir com os contratos que cediam as almas dos alunos ao Inferno, é verdade. E por isso nenhum moleque de lá estava totalmente a salvo; mas minha sogra, dona Lucinha, estava trabalhando nisso.

– Estou me especializando em direito demonológico, – me contou ela. E entrara com um processo contestando a validade daqueles contratos. O Inferno poderia recorrer; aquela história iria longe, mas, por enquanto, parecia que a briga estava restrita aos tribunais. Com sorte, todos os alunos perderiam a virgindade antes que seus corpos pudessem ser repossuídos.

Falando em perder a virgindade... Eu tinha de me assegurar de que o diabo não voltasse a tomar o corpo da Camila.

Hahá, OK, OK, sei que essa pode parecer a cantada mais cafajeste e bagaceira que existe: "Oi, deixa eu possuir teu corpo antes que o diabo o faça?" Hahá. Mas a verdade é que a Camila sempre foi bem assanhadinha, e acho que toda a história de os demônios tomarem o corpo dos alunos virgens foi um incentivo para ela perder a virgindade comigo.

Estávamos no quarto dela, fazendo um trabalho de história, quando começou a rolar o clima. A coisa foi esquentando, foi esquentando, e dessa vez não era interrompido por nenhuma crise de vômito, levitações e vozes roucas do além. Mas de repente ela se levantou.

– Gatinha, tudo bem com você? – perguntei.

Ela abriu uma gaveta e um sorriso. Tirou uma camisinha.

Não vou entrar em detalhes aqui – me deixa –, não vem com uma de Dr. Yorick querendo saber os detalhes da minha vida sexual. Só posso dizer que rolou, e rolou bem, bem demais até, devo dizer. Em determinado momento eu me perguntei se nós dois não estávamos possuídos mesmo.

Acho que fomos um pouco escandalosos, os gemidos da Camila, a cama chacoalhando... OK, OK, não vou entrar mesmo em detalhes, megacafajeste ficar contando como foi a primeira vez com a minha namorada. Só vou dizer que a coisa chegou a um ponto em que a porta de repente se abriu, dona Lucinha entrou e nos pegou no flagra.

– Ai, que susto! – disse ela. – Achei que era o diabo de novo no corpo da Camila! – E fechou a porta aliviada.

O ILUSTRADOR

Conheça o trabalho de João Lestrange em
cornopeito.blogspot.com

Este livro foi composto na tipologia ITC Stone Informal Std, em corpo 10/15,25, e Rhoda Dendron, corpo 48/17,7, e impresso em papel off-white na gráfica Markgraph.

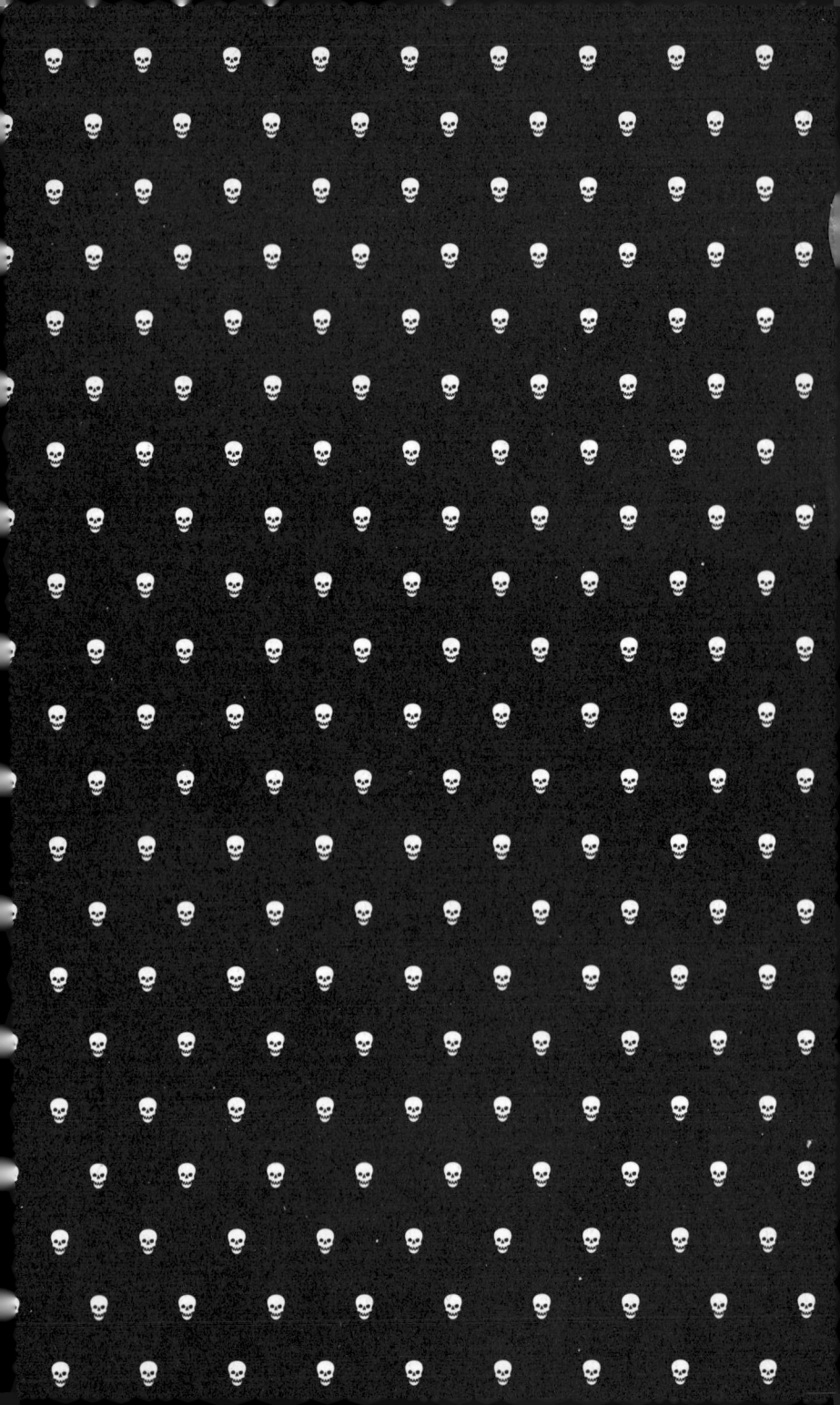